西巻一彦

紡《つむ》ぐ

西巻一彦

紡ぐ　目次

第一章　悪性リンパ腫　～そして石と向き合う　9

嵐の中で阿修羅のごとく　25

がんに生かされ石を彫る　64

第一章

悪性リンパ腫

〜そして石と向き合う

がんと向き合う

平成二十三年九月二十七日（火）

平成二十三年九月二十七日（火）午後四時前、私は秦野日赤病院六階の病室にいる。病室は四人部屋。私のベッドは窓側で外を見渡せる。白い壁とピンクのカーテン、窓の外は自然が残された丘陵風景が広がる。気持ちが自然に落ち着いてくる。ベッドに横たわると目の前は全面、秋の空である。流れる雲がゆっくりと時を刻む。向かいのベッドは、私と同じ病気のK氏。簡単な挨拶を交わす。K氏はすでに三週間ほど前から治療しているとのこと。同病ということもあり心強く感じる。私は、明日から治療が始まる。今日は検査のみ。

ここ数か月の間に自分の身体に起こっている異常に促されて、一か月ほど前、この病院を訪れ受診した。さまざまな検査を行い、告げられた病名は、悪性リンパ腫、非ホジ

幼かった
君に
今支えられ

キンリンパ腫、濾胞性（ろほうせい）リンパ腫という血液のガンである。ステージ3。ガンは、私の上半身、下半身にすでに広がっていた。告知を受けたその日、その瞬間から時がマイナスへ向かう日々。少しでも先のこと、これからのことを考えると、たちまち迷路に迷い込んでしまう。出口の見えない迷路……。

しかし、明日から私の病気の治療が始まる。そして、青空を流れる雲を見ていると、この時からプラスに向かうんだ、向かわせてやる、という強い気持ちが湧き起こる。

九月二十八日（水）　入院二日目

朝食を済ませ十時過ぎになると、看護師さんが行き来し、点滴の準備を始めている。昨日とは違う緊張感。いよいよ始まる。少年時代の運動会のリレー、スタートの号砲を待つ気分を思い出す。私の治療は、R-CHOP療法という抗がん剤を使った化学療法である。二日間、抗がん剤を投与する。これを三週間おきに八回繰り返す。半年間に及ぶ長期の治療である。

一日目は、リツキサンという薬品を点滴でゆっくりと身体に流し入れるらしい。身体の反応を見ながら、血圧や心電図を測りながらの投与である。主治医のT先生によれば、リツキサンという薬は十年ほど前に開発された抗体医薬で、直接、がん細胞を攻撃、作用するらしく、他の細胞をむやみに傷つけない優れものらしい。しかし、腫瘍の数や範囲が広いほど、初回の副作用はあるようで、私の場合、「三十九〜四十度近くの発熱があるかもしれないから覚悟しておいてほしい」とT先生。

十一時過ぎ、点滴の開始。数分後、身体に変化が現われる。足の付け根、下腹部につながる大動脈リンパあたりにアレルギーのようなかゆみが起こる。しかし、数分でかゆみは収まった。点滴の速さをゆっくりと徐々に速める。その速度に比例するように身体が熱くなってくる。四時間の点滴がようやく終了。この時点で私の体温は三十七・二度。T先生が私のようすを見に来てくれる。「体力があるのであまり心配ない」と、笑顔で会話。

数分後トイレに立つ。その瞬間、全身に走る悪寒。オッと！ これから熱が上がるのが自分でも分かる。案の定、身体があっという間に熱くなってくる。三十八度近い。夕食時も発熱のため、食事を口に運ぶのもきつい。タイミングが良いのか悪いのか、妻が面会に来てくれた。ギャグの一つでもと考えていたのだが、くやしいかな、その余裕はない。明日も来てくれるという。心配かけぬように、今日は早めに帰るよう話す。その後、熱は三十九度近くまで上がり、解熱剤を使った。

翌朝を迎え、朝食後、入院時の手荷物を整理していると、大学に通う娘が私に手渡した袋が……。中には、入院中に音楽を聴けるようにと、ｉＰａｄがあり、操作手順が細かく書いてある。

その横にも何かが入っている。手に取ると、フェルト地に刺繍の文字が縫い込まれ、本のような形。表紙には「絆」の文字。ページをめくると、刺繍でほどこされた細かな文章が縫い込まれている。歌の歌詞のようにも見える。一文字一文字、目で追うこともできないくらい涙があふれ出る。いつまでもいつまでもあふれる涙。私のことを思ってくれている家族が、私にはいる。

がんの告知と家族への思い

病気の告知を受け、私が一番に思い悩んだこと。それは家族へどう病気を知らせ、説明するかであった。これから半年以上続く治療と副作用との闘い。黙っていることは到底できない。話すことが家族のルールだ。

我が家はいま六人家族。介護が必要な私の父と母、妻、大学生の娘、高校生の息子、そして私。私が入院、闘病となると父母のことが一番気がかりである。すべて妻に負担がかかってしまう。これまでは妻と共にタッグを組み、何とか歩んできた介護である。父

母共に車椅子での生活。身の回りのこと、食事のことなど、ほとんどのことを二人で行い、片方に負担がかからないよう工夫してきた。ところが、妻は、私の心配とは裏腹にいたって前向き。

「全然、大丈夫、パパは病気と闘って勝ってくれれば良い！」

と言う。感謝である。

そして子どもたちに病気のこと、副作用のこと、治療のことを話した。息子は下を向き、私の中で起こっている異変の一つひとつを理解するだけで精一杯のようす。一方の娘は、終始下を向き、肩を小刻みにふるわせ、瞳は涙で潤んでいる。

しかし、最後まで私の病気が「がん」であることは言えなかった。娘はこの後、数日間、私と目を合わせることもなく、毎日目をはらしていた。学校から帰宅した際に泣いていた日もあった。こんなに家族を悲しませている自分に対するやるせなさが募った。同時に、これからどんな苦痛やハードルにも耐えて乗り越えてやろうという決意が強くなった。

娘が用意してくれた刺繍でつづった本。ｉＰａｄで音楽を聴こうと、イヤホンを耳に当てる。流れ出る音楽、娘が選曲したものだ。あの日の娘と息子の残像がよみがえる。音楽の旋律と重なり、思わず涙があふれ出す。いつまでもいつまでも……。

九月二十九日（木）　抗がん剤治療二日目

昨日に続き、抗がん剤治療の二日目である。

今回の治療を受けるに当たり、主治医の先生や看護師の方々から日常生活上の注意や副作用の説明を受けてきた。やはり副作用は気になった。

化学療法の副作用というと、誰もが脱毛をまず思い浮かべる。今回の入院に際して、私は前もって短髪にして準備をしていた。その他にもさまざまな副作用があるらしい。手足のしびれ、味覚障害、不眠、便秘、口内炎、肝機能低下などなど。これらの症状は、現われれば自分自身で認識できるものなので、自分なりに対応すればよいわけである。しかし、その他の副作用、骨髄抑制による白血球や血小板などの減少はくせ者である。特に抗がん剤治療後二週間目くらいが、一番数値が下がる時期だという。この副作用に伴い気をつけなくてはいけないのが、免疫力の低下であり、出血した際に血が止まりにくい状態になることである。さらに半年にわたる治療の後半からは、風邪やインフルエンザといった感染症の時期にあたるので特に注意が必要である。免疫力の低下しているこの時期は、生命にかかわる肺炎のリスクが高くなるのである。

十時過ぎに点滴の準備が始まった。私が見る限り、四種類の薬品が用意されている。その中の一本は、どぎついオレンジ色。アドリアシンという薬品らしい。一本一本がどんな役割を果たすのかは分からないが、このどぎつい色のアドリアシンは、見かけだけではなく、身体に入ると血管を回り鼻から抜けてくるような感覚に襲われる。例えれば、ワサビや辛子を口に含んだときに鼻から抜ける感覚、そんな感じだ。聞くと、心毒性があり、一生涯で投与できる量が決められている、今回の八回の治療が限界で、それ以上は使用不可である。四時間ほどで点滴終了。心配していた昨日のような発熱もなく、気分も落ち着きベッドで身体を休める。

向かいのベッドのKさんは表情も明るい。明日が退院で、一か月ぶりの帰宅だという。ほんの数日、わずかな時間のお付き合いであったが、Kさんは、私が同じ病気であることが心強かったのか、何でも話してくれた。私も何でも相談できる間柄になっていた。二人は、これから続く長い治療をがんばろうと誓い合った。Kさんはすでに脱毛が始まっていた。

「退院後、どこのお寺に修行に行こうか?」

とジョークも出た。

私はといえば、まだまだ修行僧にはほど遠く、その風貌に近づくには数週間かかりそうだった。

十月四日（火）

退院の日となった。とりあえず一クール目の治療を終え、今後は通院しながらの抗がん剤治療となる。不安も多いが、病いと向き合い前向きに生活を、そして治療を重ねて行こうと思う。

入院していた秦野日赤病院の正面入口横の前庭には、病院完成時に、私はモニュメントを制作させていただいている。「寄り添うかたち　愛信和」というタイトルの母子像である。作品と少し会話をして、近くにある「ぎゃらりーぜん」へ退院のあいさつ。

実は、今年の秋から冬にかけて、「ぎゃらりーぜん」で個展を開催する予定であった。しかし、病いの発覚もあり、お断りしなければならなかった。ギャラリーの多賀さんには、私の病状を心配して何度も病室に面会に来て、元気づけてもらっていた。多賀さんは、私の病状を知った上で、十二月にグループ展を企画。

「体調と相談しながらでよいので、できたら作品を展示してください」と話された。私の作家魂に火が付いた。先の見えない体調ではあるが、大きな作品は無理であっても、今生きていること、病いが発覚してから気付き気付かされた多くのことを作品に刻んでみよう。一番近い目標がこれでできた。

十月五日（水）

すっかり秋めいてきた。今朝は五時ころ目覚め、以前のようにコーヒーを淹れ、子どもたちの朝食や弁当作りにチャレンジしてみた。退院後、低体温と貧血が続いている。

そのせいもあって長い時間、台所に立つのはきつい。コーヒーを飲みながら猫と遊ぶ。それまでは当たり前であったこんなひと時が、今では本当に幸せな時間だと感じる。

部屋の片隅に、ドングリの小枝がある。二十日ほど前の九月十三日だった。ＰＥＴ検査を受けるために東海大学付属病院へ向かう道すがら、歩道に落ちていた小枝を手にした。当時、病気が発覚して、毎週さまざまな検査を受けていた。中には身体的にきつい検査が幾つもあった。この日のＰＥＴ検査は、がん細胞が身体のどこにどれくらいあるのか？　それが画像・色彩で確認できてしまうらしい。

自分の中で起こっている異常や病気の進行の状況など、本当に不安だらけであった。家族で過ごしている時は、みんなの笑顔や心遣いなどで勇気付けられ、以前と変わらぬように生活を送っていた。しかし、一人、個になると同時に、頭の中は病いに占領され、これから先のこと、仕事、家族のことを思うと、迷路に一人投げ出されたような精神状態であった。そんな中での検査は、どんな検査を受けても良い結果を望むことはできない。

ドングリの小枝

一人下を向き、病いと連れ添って歩く病院への道。魂が薄れ、抜け殻のように、ただただ歩く自分。そんな私の目の前に近くの木々から落ちたと思われるドングリの小枝が……。まだ実も小さく青い。小枝を手に取る。季節は確実に夏から秋へと移り変わっている。人も自然も常に動き、そして新たな時を迎える。今の私はどうだろう。病気と向き合う中で時が止まり、いや、むしろマイナ

スに動いていた日々。小枝が私にささやく。

おーい、君。君は何をやっているの？
僕みたいな小さな木の実だって秋を迎える準備をしているよ。
さあ、もっと上を向いて、もっと前を見て、
もっと今を感じ、風を受けて歩もうよ

私の中で止まってしまった時計の針をドングリの小枝が再び前へと押し進めてくれた瞬間であった。
そう、まずは気持ちから、一歩前へ。

十月十三日（木）

抗がん剤治療を行って二週間目の今日は、受診日。一番白血球が減少する時期で、血液検査を行う。検査後、三十分ほどで結果が出る。T先生と笑顔の対面。治療後の状態や近況などを話し、血液検査の結果を聞く。すべてが想定内で進んでいるという。ちなみに本日の白血球の数は二一〇〇、通常の四分の一程度である。そして来週行う二回目のR‐CHOP療法の打ち合わせ、調整等をする。次回からは通院しながらの治療にな

るため、少々の不安もあるが、前向きに行こう。

　ここ数日、私の病気を知った知人、友人たちからお見舞いや心配の電話をたくさんいただく。対応する私の声が予想に反してあまりに元気そうなので、みんなは一様に驚いているようだ。

　今日は病院へ行った帰りに、展覧会などで古くからお世話になっている丹沢美術館の露木さんに会いに行った。露木さんとは長いお付き合いになる。丹沢美術館ではこれまで数回個展を開催している。数日前、露木さんからも心配の電話をいただいていたので、直接お会いして元気な姿を見てもらいたかった。やはり露木さんも私の顔を見て安心してくれたようである。

十月十四日（金）

　とても過ごしやすい陽気である。芸術の秋、本来ならば鑑賞にも制作にも一番良い季節である。しかし、相変わらず貧血が続き、絵を描いても、文章を書いても二時間くらいが限界で横になってしまう。この貧血さえなければ少しは制作に入れるのだが……。

　副作用らしきものといえば、味覚障害があり、舌の先が常にしびれ、飲み物も食べ物もすべて粉っぽく感じる。しかし、食欲は以前とさほど変わらない。まだ恵まれているようだ。入院時、向かいのＫさんは、やはり食欲が無くなり、売店でシャーベットを買

い、チョビリチョビリ氷を舐めていたとのことだった。

十月十五日（土）

昨日は気が付かなかったが、副作用の一つである脱毛が、少しずつではあるが確実に始まった。髪の毛や髭をなでるだけで、少し抜け落ちる。パラパラとではなく、束状に抜ける。短髪にしておいて良かった。そろそろ修行の始まりか？　Ｒ‐ＣＨＯＰ療法を始めて十八日目である。

ここ数日、秋の心地よい陽気が続いている。今朝は雨であるが、過ごしやすい。いつも庭先でさえずりを聞かせてくれる小鳥たちも、今朝はおとなしい。代わりにカエルが鳴いている。

庭のモクレンの大ぶりな葉に雨粒が当たりパタパタと音を立てている。その葉に落ちる一粒一粒の雨音が、これまでの記憶を思い起こさせる。パタッ、パタッパタ……。

嵐の中で阿修羅のごとく

ここ二年ほどの間に、私の人生や家族にとって、さまざまな出来事が重なって起こっている。その一つひとつが余りに強く、点として記憶の中にあるために、線としてつながらない。それほど混乱している。少し思い起こしてみよう。

それは両親の変化から始まった。

母の不安、父の悲鳴

当時、私の両親は茅ヶ崎に居を構え、父母二人の生活を送っていた。三年ほど前だったろうか。父から、母の調子があまり良くないという連絡があった。聞いてみると、「最近、料理をしていても、鍋やフライパンで軽い火傷をすることがある」「言葉がうまく出なくなっている」というのであった。

近いうちに一度会いに行こうと思い、後日、連絡を取ると、父からは、「大したことはない」「少し休めば大丈夫だろう」と言う。まあ、父がそう言うのだからと、気にはなっていたが、そのままにしていた。しかし、その後何も連絡がないのが逆に気になり、再度こちらから連絡を取った。

「最近は動くのが辛くなっているのか、横になっていることが多い。今は誰とも会いたくない、と母さんが言っている」

と父の返事。少しずつ私の中で不安が大きくなった。

何度電話をしても出るのは父、電話口ではいつも周りを気にしているしゃべり方。いったい何が起こっているのだろう。

時が過ぎ二〇〇九年、秦野の丹沢美術館で私が個展を開催している時であった。会期中に突然、父が会場を訪れた。しかも一人である。いつも母と二人揃っているはずなのに。父は私の顔を見るなり、「どこかで話しができないだろうか？」と時間的にも精神的にも切羽詰まったようすである。場所を変えて父の話を聞いた。

母が体調を崩して、ほとんど家事もできない。父が何とか代わりに家事をこなしていたが、母の体調は徐々に悪くなり、夜間に転倒し救急車で運ばれることが数回あった。もう自分一人では母のことは看きれない……。父の悲痛な叫びであった。


個展の会期が終わり、早速、妻と茅ヶ崎の父母の所へ。母は部屋で寝ている。部屋に入るなり目の前に飛び込んできた母の姿。一瞬言葉をなくす私と妻。布団に横たわり、天井の一点を視点の合わないうつろな目で見つめ、魂の抜けたような表情。毛髪は、手入れもなく白髪。眉間にくっきり浮き出た血管。ひと目で、ただごとではない状況が分かった。

「なぜ？　どうして？」

心の中で何度も問いかける。父から現在に至るまでの話をかいつまんで聞く。

母は、料理をする際、ちょくちょく火傷をするようになった。鍋やフライパンの取っ手の位置や距離感が合わなくなったせいだ。そして次に言語に障害が出たらしい。うまく言葉が出ない、話せない。そんな状況で母は徐々に落ち込み、一人、部屋で横になっている時間が多くなっていった。夜間には睡眠障害が現われるようになり、睡眠導入剤を服用する毎日。いつしか精神的にもうつ状態となり、ほぼ一日中、布団の中で、薬に依存する生活になってしまった。

何とかしなければ……。以前、私が交通事故で入院した際にお世話になった病院の脳神経外科のＳ先生に相談するのが一番良いと思い、早速、病院に連絡した。取りあえず母の代わりに私が代理受診して相談することになった。

そして受診日。私は、父から聞いたこれまでの経緯や薬の種類など、できる限りの情報をメモにして、Ｓ先生にお話しした。先生は私の説明を静かに聞き取り、頭の中で整理している。

「取りあえず入院をして、ゆっくり検査をしてみましょう」

先生によれば、だいたい一週間程の入院で検査できるとのこと。早速、茅ヶ崎の父に連絡。父の安心したようすが伝わる。

そして入院、検査。ＣＴ、ＭＲＩ、脳波と、連日さまざまな検査を重ねる。しかし、母は、口数も少なく、表情も相変わらず乏しい。数日おきにＳ先生より検査の結果や、考えられる症状などの説明を受ける。やはり脳の血流の低下、脳の萎縮が進んでいるらしい。
父は、「二人だけの生活を続けることはもうできない。できたらどこかで同居してほしい」と私に告げた。私も今の状態では不安でしょうがない。

同居に向けて

母の退院後、今度は新居探しである。当時、私たち家族は秦野市民。仕事のこと、子どもたちの学校のことなどを考えると、この周辺で探すのがベストである。そんな新居探しの最中にも、私と妻にはやらなくてはならないことがあった。母の通院、秦野の自宅から茅ヶ崎へ、そして父母を連れて秦野の病院へ。そして受診が終わると薬をもらい、ふたたび茅ヶ崎へ送る。そして身の回りのことを済ませ、私たちはふたたび秦野へ。これは一日仕事である。

そんな中、仕事でお世話になっている秋山石材社長の秋山さんが、隣の伊勢原市の物件をいくつか探して来てくれた。自分の仕事も忙しい中、本当に感謝である。年の瀬も迫っていたころ、中古家屋の物件が目に止まった。秋山さんはいやな顔一つ見せずに、この物件を案内してくれる。

この話をすると父は、「頼む」の一言。かなり切羽詰まった状況なのであろう。それというのも、検査入院し、退院した後も母の転倒は数回あったらしい。

そして二〇〇九年十二月に新居の契約。リフォーム、バリアフリー化と、手を加えなくてはならないが、設計事務所、大工さんまで秋山さんが紹介してくれた。ただ、リフォームに関しては、妻が大学でデザインを学び、現在もリフォーム関係の仕事をしていることもあり、妻に一任することにする。

私はというと、以前作成していた、埼玉県加須市のプランが、十二月二十五日にコンペを通り、制作依頼を正式に受け、年度末の来年三月末という短い期間での制作を余儀なくされていた。

設計事務所、大工さんとの打ち合わせの結果、新居の完成引き渡しは、四月と決まった。「これを機に新年に向けて良い方向に進んで行く、希望が待っている、そんな転機になってくれるように……」と願ったことが忘れられない。

新たな年、二〇一〇年が始まった。私は新年早々、年末に決まったモニュメントの仕事に取りかかる。妻は、新居のリフォーム等の打ち合わせを繰りかえす。「部屋は何色の壁に、風呂はどんなタイプにしようか？　父と母の部屋は、ケガのないように、こうしよう、ああしよう」と毎日のように話し合っていた。子どもたちも自分の部屋を「どうしよう、壁紙は何色にしよう、机はどこに置こうか」そんな会話に満ちあふれていた。そして工事も順調に進み二か月が過ぎた。

ドラマのヒロイン？

二月になった。いつものように私はアトリエへ。モニュメント制作もスケジュール通りに進み、仕事は石を磨く作業に入っていた。昼少し前だっただろうか、ふとケイタイ電話に目をやると、留守電に伝言が。再生してみる。えっ……あまりのショックで目の前が真白になる。内容はこうだ。

「こちら茅ヶ崎のT病院です。今朝お父様が救急で搬送されて来ました。詳しいことは折り返しお電話ください」

何が？　何が起こったのだろう。

折り返し病院へ電話を入れる。すると、今朝、自宅で倒れ一一九番通報で搬送された。原因は、脳出血らしい。現在、意識はあるが、脳が出血しているので一刻も速く病院に来てほしいとのこと。何が何だか分からないうちに電話を切り、自宅へ戻り、妻と共に茅ヶ崎のT病院へ車を走らせた。車内では何の会話もない。いやできない。沈黙の時間だけが過ぎて行く。

四十分程でT病院へ到着。救急のベッドで横たわる父。目は開いてはいるが、意識が混濁していて、うわ言のように言葉にならない声を発している。その傍らに母がいた。母が一一九番通報したとのことだが、かなり動転しているようすである。

数分後、担当の先生の話を聞くことに。脳の画像を見ながら先生は、現状と今後について話し始めた。

「現在は、脳のこの部分で、これだけの出血をしています。今後、このまま止まってくれれば良いのですが、これで止まるかどうかは現時点では分かりません。入院してようすを見ましょう」

そして説明の最後に、こう話された。

「少なくとも後遺症は残ります。どの程度かは分かりませんが、家族の方はそのことを覚悟しておいてください」

母の病いの発覚で、くずれかけた家族の形を、一つ一つ妻と二人で元の形に戻そうとがんばってきた日々。ようやく見え始めた希望の光。しかし、今、目の前には父の横たわる姿。家族の形がふたたび根本から崩れて行こうとしている。これからどうすれば、何から始めれば良いのだろう。私の頭は混乱し、なかなか整理することができない。

取りあえず、目の前のことから始めよう。まずは、父の入院準備をする。父母の家に戻り、入院に必要な物を揃える。入院手続きを済ませて病室へ。父は、うわ言をくり返し、苦しいのか少々あばれている。看護師さんから、「このままの状態だとベッドから転落してしまうので、身体、手足をベッドに固定させてほしい」と。ケガをされても困るので承諾書にサインをする。

さて、次は母である。このまま茅ケ崎の家に一人で帰す訳にはいかない。父の入院は長期になりそうなので、秦野の我々の家に連れて行くことにする。タンスの中から、下着、日常着るための衣類を取り出す。身支度を手伝い、秦野へ向かう。

T病院の話では、父の入院は一か月程度。その後、転院し、治療とリハビリを重ねてもらうとのこと。新居完成まで後四十日程である。よりによって何で今なのか……。どうにもならない思いがめぐる。

それぞれの人生、数々のドラマがあるだろうが、テレビのドラマや小説より、今の私たちにはドラマがある。一瞬そんなドラマの悲劇のヒロインにでもなったような感覚を覚える。

妻とタッグ組みフル活動

それからは、母の介護、父の面会、モニュメント制作……と、多くのことを抱えながらの生活が始まった。妻とタッグを組み、「分担しながら、できることをやって行こう」と話す。妻は、掃除、洗濯、母の世話、引っ越しの準備、仕事、その他いろいろ。私は、制作、家族の食事、父の面会、引っ越し準備。その日その日で二人の予定を照らし合わせ、フル活動体制である。

中でも大変なのが夜間の母のトイレである。二人とも日中はフル活動である。疲れ切った身体と精神状態の中、夜は、二時間から三時間おきのトイレコール。一日、二日ならよいが、これから何か月も続く私たち二人の仕事である。これまで母は、トイレに立った際に多く転倒しているので気がぬけない。

何日か過ぎた、まだ陽も明けない早朝、母のベッドでゴソゴソと物音がする。しばらく耳をすませ、ようすを探る。何かベッドの上でやっているようだ。数分後、まだゴソゴソと音がするので、ようすを見に行く。暗がりであまりはっきりとは見えないが、どうやら血圧計を取り出してベッドの上で計ろうとしているらしい。何でこんな時間に？

当時の母は、精神的にかなり不安定で、その上、薬への依存が強く、薬漬けの生活であった。血圧の薬、血流の薬、抗精神薬、睡眠導入剤など、多種類の薬を服用していた。しかし、こんな時間に血圧計とは。まったく予測できない行動である。その時、母と交わした会話は今でもはっきりと覚えている。いや忘れられない。

私「母さん、早くから何しているの？」

母「……」ひたすら血圧計をいじる。

私「お日様がのぼって明るくなったら、おはようになるよ。だから、それからにしよう」

母「……」

そして次の瞬間、ものすごい形相で私をにらみ、

母「帰る！」

私「どこに？」

母「茅ヶ崎に帰る。こんな家にいたら殺される」「殺されるから帰る!」
驚くというよりも、何で? 何でこんな母になってしまったのか? 私は涙が止まらなかった。以前の母はどこに行ってしまったのか。辛い、空しい……。異変に気づいた妻が冷静に時間をかけてその場を収めてくれた。

父の発病と二つの引っ越し

昨日入院した父。一日経ち、どんな状況なのだろうか? 不安を抱えながら病院へ。病室のドアノブに手をかけ、入室。次の瞬間に飛び込んできた光景に一瞬、私は目を疑がった。父は、身体をベッドに固定され、前方の壁を見つめ口をパクパクさせているのだ。

父には申し分けないが、例えるなら、手足を固定されたチンパンジーが、目の前にぶら下げられた好物のバナナやリンゴを、どうにかして口の中に入れたい、そんな状況に映る。ただただ壁の方を見つめ、私が入って来たことも分からないまま、口をパクパクさせている。

少し経って私から声をかけると、私の方へ視線を向ける。とりあえず私のことは分かったようで安心。しかし、話しかけても一～二分すると目をつむって眠ってしまう。昨日の今日だから仕方ないなと思い、三十分程で帰宅した。その時の父が見ていたのは何の幻覚だったのか未だに不明である。

その後、数日おきに面会を重ねると、意識のある時間が少しずつ長くなってきた。後日、妻が面会した際は、軍歌を歌っていたという。

先生によると、出血で脳はかなりのダメージを受けているので、ある程度の時間をかけないと回復に向かわないとのこと。そして先生と今後の治療について話をする。約一か月後にはこの病院から転院して、治療とリハビリを行う。先生は、私の住まいが秦野市なら、「T温泉病院はどうでしょうか？」と。

「あの病院なら専門の病院であるし、息子さんの家にも近いのでは」

私も、願ったり叶ったりである。

「はい、お願いします」

「それでは予約を入れておきます。しかし、いつもベッドが一杯なので、いつ空くか分かりません。準備だけはしておいて下さい」とのことであった。

今の家からも、これから転居する伊勢原の家からもT温泉病院なら近い。少々身が軽くなったような気がする。この転院の話を聞いて喜んだのは母であった。近くに転院すれば、ちょくちょく病院へ行き父と会えるからである。

いよいよ転居も秒読みに入ってきた。二軒の家をほぼ同時に引っ越さなくてはならない。茅ヶ崎の父母の家は、ほとんど手つかず状態で、関われるのは私と妻だけ。いろいろと作戦を練った。

そんなある日、父の入院するT病院から連絡が入った。T温泉病院の受け入れが決まった。それも明日。「急にベッドが空いた。無理なら他の患者さんへ話をします」とのことである。

「ハイ、受け入れをお願いします」と返事をした。

退院と転院の打ち合わせをする。翌朝、私が茅ヶ崎へ向かう。退院の手続きを済ませ父の病室へ。まだ何も用意していないようすである。父に転院の話をする。父は、ここがどこの病院であるのか、いまだに分からないようだ。早々に父の着替えを済ませ、介護タクシーを待つ。

一か月ぶりに出た野外、父はとても気持ち良さそうである。さあ、秦野へ出発！　秦野に近づくと丹沢の山々が迎えてくれる。父と私たちの距離が、今日から縮まる。この時の丹沢の山々と青い空は、今でも忘れられない。

T温泉病院に到着、すぐに入院手続きを済ませる。父は簡単な検査を受けるようだ。看護師に病室を案内してもらう。今まで見てきた病院とは少し雰囲気がちがう。廊下では何人もの患者さんが歩行などのリハビリを行っている。父が検査から戻って来た。ベッドに案内され、とり合えず休憩。しばらくすると妻が母を連れてやって来た。一か月ぶりの父との対面、嬉しそうである。それからというもの、毎日のように母を連れて父の面会に行った。今までT温泉病院に入院していた患者さんの中でおそらく一番の面会数であろう。

目の回るような日々。しかし時間は待ってはくれない。引っ越しの日も本当に近い。引っ越し当日。まずは、秦野の私たちである。秦野の家は、二十年という長い年月、住まわせていただいた。周りの人々も心温かな人ばかり。子ども二人は、ともにこの地で生まれ生活を送ってきた。しかし感傷に浸っている余裕はない。目の前のやらなくてはならないことを私たちは今、精一杯やるのみだ。

そして数日後、茅ヶ崎の引っ越し。どちらも引っ越しの業者さんにお願いしたが、やはりプロは手慣れていて早い。あっという間に荷物が家に収まる。目の前を通りすぎる荷物や人、次々と運び込まれる家具。母には、目の前で起こっていることが、頭の中で追いつかなくなっているのだろう。母の表情が変わってきた。次の瞬間、案の定、「帰る！」が始まった。

家族六人の新生活とケイタイ音

新しい我が家は、二階建ての母屋と離れの平屋の二棟からなる。私たち家族四人は母屋、父母二人は離れの平屋である。これを自由に行き来できるようにデッキでつなげてある。父母の家はバリアフリー設計で、広いフロアにはベッド二台、床は、全面床暖房。

当時は母をメインに設計していたが、今となっては父母二人ともに介護が必要になりそうなので本当によかった。

父が帰るまで、取りあえず母にはこの平屋で生活をしてもらうことにする。夜間は、要注意なので、私か妻が見守ることに。親子電話の使い方、コールの仕方をくり返し教える。母は、まだまだ不安定な精神状態。心配も多くあるが、何しろやってみよう。

しかし、心配していたことが数日後に起こった。アトリエで制作中のある日、私のケイタイの着信音。電話に出ると向こうから母の叫び声が。

母「痛い、痛い！」

私「どうした？」

母「痛い、痛い！」

大急ぎで家に戻ると、やはり母は転倒していた。手をつかないで、そのまま顔面から倒れたようだ。おでこや目の周りに青タンがあるが、骨折はしていないようだ。取り急ぎシップ薬をペタッと貼った。心配していることが本当に起きたのだ。

その後も一か月に二回程度の転倒をくり返す。傷が治るころになると新しい傷をつくる。いつしか母の顔はボクサーのようになっていた。転倒は、昼夜関係なく起こる。夜間も目を離した瞬間に起こる。そのたびに鳴り響くケイタイ音、コール音。

このころから、私の精神状態や、身体に異常が起こり始める。一日中、耳から離れないケイタイ音、コール音。夜間は特にひどく、突然の幻聴、コール音に目が覚める。その瞬間から起こる動悸に、朝まで眠れない日もたびたび。難聴が始まったのもこのころ。自分でも、今までの疲れがたまっているという自覚はあった。しかし、休む訳にもいかない。そんな毎日を過ごしていた。

母は相変わらずで、薬の依存から抜けられない。深夜だろうが早朝だろうが、コールを鳴らし、薬を催促する。

「眠れない」「頭が痛い」「歯が痛い」

対応する私たちが何を言っても聞こうとしない母。でも、父がもうすぐ退院してくれる。父が帰って来れば、母も少しは良い方向へむかうだろう。当時はそんな風に考えていた。

バイク事故に遭遇

夏のある日、父の退院計画を「病院スタッフと話し合いましょう」との連絡が入った。半日仕事をして、午後には病院へ行こうと、朝、バイクでアトリエへ向かう。

この日も、いつもの道をバイクで走行していた。前方に信号機のあるアトリエ近くの道にさしかかると、道路脇の住宅からこの道に出ようとしている軽自動車が見えた。運

転席から左の信号をやたらと気にしているようすが目に入った。一本道の本線を走行していた私は、いやな予感。その瞬間、軽自動車は私の方を一度も見ずに本線に飛び出して来た。

「キーッ、ガシャ」

やられた。

スピードは出していないので大した事故ではなかったが、肋骨を骨折していた。病院で治療し、現場検証に立ち合い、午後、予定通り父の病院へ退院計画の打ち合わせに行った。

「こんなスケジュール、ないよな」

心の中で叫び、父の病院へ向かったのを今でも忘れない。父は自分の退院のことで頭が一杯のようで、私が骨折していることも気にならないようである。

つかの間の安息破る母の転倒

そして父の退院についての話し合いが始まった。病院側としては、「まだ退院は早いのではないか。お父さんには後遺症があり、通常の生活ができないことが本人に認識できていないようだ。このまま帰宅すれば、お母さんの転倒をカバーするために立ち上がろうとして二人ともに転倒してしまう可能性が高い」というのである。

父はこの病院で五か月のリハビリを行ってきた。しかし右半身の麻痺はあまり回復していない状況で、帰宅しても車いすの生活である。生活する上での注意や、事故に対しては、私の方でよく本人に話すということで了承いただき、退院日を決める。その間も私の肋骨はズキズキと痛みを増す。いよいよ退院まで一週間。これで家族全員が揃う。

私や妻が置かれている状況を知人、友人たちも気遣ってくれていた。食事に誘ってくれたり、飲み会に声をかけてくれたりしていた。しかし、次から次へ起こる厳しい現実を前に、ほとんどのお誘いをお断りするしかなかった。

父の退院の一週間前、しばらく母も安定しているようす。そんな中、友人から飲み会のお誘い。今夜なら出かけられそうである。友人にＯＫの返事をした。

妻と出かけるのは何か月ぶりだろう。やっと訪れた休息、友との語らいの時間。母の夕食の準備を早めに済ませ、駅へ向かうバスの時刻を確認した。さて、出かけようと立ち上がると、部屋中に響く突然のコール音。急いで母の部屋へ。そこで目に映ったのは以前にもあった光景。床に横たわる母。しかし、今回は以前とは比べものにならない状況である。倒れている母は、「痛い、痛い」をくり返す。床の上には折れた数本の歯、口内は出血している。急いで止血。なんとか数分で出血も治まった。しかし前歯のほとんどが欠け飛んでいる。すぐかかりつけの歯科に連絡すると、「明朝一番で来て下さい」とのこと。またまたバッドタイミングだ。

ここに書き連ねていることは、すべて現実に起きた事実である。「また西巻が作ったな……」なんて思わないでほしい。父母には悪いが、こんな戦慄の場面を私たちは日常的に体験している。

日々の生活の中で、こんな光景を繰り返し見ていると、どんなに気丈な人でもへこむであろう。この日のお誘いも直前で断わることになってしまった。こうしてまた、明日から母の通院の付き添いが始まる。

翌朝、急いで歯医者さんへ。案の定、先生は言った。

「ひどいな、かなり時間をかけて治さないといけない。明日も来て」

数日間は毎日の通院になりそう。私たちの生活はこの先どうなるのか？　不安しかない。

私の難聴が治らない。それに加えて最近は左側の鼻がつまる。夜間は特にひどい。市販の鼻炎薬でなんとかしのいでいるのだが、すべて左側に症状が集中している。私の身体の中で何が起きているのだろうか。

そんな不安を抱えて生活する中、八月には父が退院した。

父母との波乱の日常、身体の異変

夕食時に、皆でささやかな乾杯。これから皆で楽しくがんばっていこうと告げる。久しぶりに私たち家族に囲まれ父も母も楽しそうである。しかし私と妻は、これからの生活のことを考えると、手放しで喜んでいる訳にもいかない。特に、T温泉病院から告げられた注意事項は、頭にしっかりと残っていた。

父が新しい家に来てから数週間がたった。二人とも新しい家に徐々に慣れてくれたようだ。しかし、父は自分の脳の病気の後遺症を本当に認識しているのか？　そんな風に思えてしまうことが日常生活の中で見受けられた。肉体的な面は見えるので分かるが、思考的な面は表面には見えないので分かりづらい。と言うのも、父は、母の行動を一時も目を離さず監視している。そして母の行動がおかしいと思うと注意をする。一見、何でもないように映るが、その注意する声が大きく、言葉が粗暴なのだ。

徐々に母は、父に対して怖がるようすを見せ始めた。昨日も、布団に横になり、顔まで掛け布団をかぶっていた。覗いてみると、やはり泣いていた。どうしたのかと尋ねると「パパに怒られた。怖い」と言う。

やはり父は、脳出血による高次脳障害の後遺症をかかえたままである。どうすれば本人は、そのことに気が付くのか？　これからどうなるのか不安である。

陽気もずいぶん秋めいてきた。「ぎゃらりーぜん」で開催する個展のため、私の制作ペースものってきている。今回のテーマは、「祈りのかたち」。

これまで、父母を通して見つめてきた老いや病い、命のあり方。人は誰もが、病いや老いと向き合わなくてはならない。そして、それを支え、支えられるのは、人であったり、社会であったりする。その中で生まれる心のコミュニケーションを石に託し、刻んでみよう。

「今を生き、今を見つめる」

そんな今の自分の心を伝えることができればと考えている。

制作中の私に、心配していたことが現実として起こってしまった。ケイタイの着信音から始まる。今度は父だった。

「頼む、助けてくれ。頼む、助けてくれ」

早々に道具を片づけ、急いで自宅へ向かった。ドアを開けて家の中へ。

床に倒れている父と母。まず母をベッドへ引き上げ、父を起こして車いすへ。やはりT温泉病院の医師が心配していたことが現実に起こってしまった。母が部屋で転倒、それを助けようと体を乗り出し、立とうとした父も転倒したようだ。大きなケガはないようだが、今後のことを考えると、仕事をしていても気がきでない。

「父が帰って来てくれれば、少しは気持ちも楽になるなあ」

そんな考えは、ふき飛んでしまった。これまでは、母一人を集中して看ていた。しかし介護の対象は、今度は母と父の二人になり、心配は二倍に増えてしまった。

同じことがその後、数回くり返された。

「助けてくれ」「痛い」

ケイタイ音、コール音から始まる動悸、不眠は日常的に私を襲った。さらに難聴に鼻炎が重なった。そんなある日、夜中に動悸に恐われ、水を飲み、休んでいた。ふと首すじに手をやると、左側の首すじにある、豆つぶ大のしこりに触れた。

熱が出たり、疲れがたまると、リンパ腺が腫れることはよくある。私も熱が出たりすると首すじのリンパが腫れ、しこりが気になることは今までもあった。しかし、しこりは三つ、それも連なるように並んでいる。痛みは全くない。軽くマッサージをして、この時はやり過ごした。

個展「今を生き、今を見つめる」

「ぎゃらりーぜん」で個展が始まった。私はこのところ、地元での発表が多い。これには理由がある。現在の生活環境や、私に許され、与えられた時間内では、東京での開催は不可能なのである。制作時間、搬入や搬出、会期中の会場滞在。これらを考えると、とても東京では開催できない。

両親の身の周りの世話、三度の食事、薬の管理、通院。これらをこなし、よく制作ができたなと自分でも思う。しかし地元開催であっても、遠路から多くの方が足を運んでくれる。感謝である。

今回は、ほとんど本小松石を使い、また、いぶした竹を会場に並べ、現時点でやりたいことはある程度できた展覧会となった。

そしてふたたび日常へ引き戻される。相変わらず父の言動が粗雑である。自分が気に入らないことがあると大きな声をあげ、汚い言葉を発する。

ある日、妻からアトリエに電話が……。

「お父さんが大変。大きな声でわめいている。私ではもう抑えられない。早く帰って来て！」

いつかはこうなるだろうと思っていた。

帰ると、父は車いすに座り、ブツブツわめいている。母はベッドでただただ泣いている。妻によると、いつものように母の行動が気に入らなくて、大きな声で母を注意していたらしい。あまりに大きな声が続くので妻がようすを見に行くと、逆に興奮して、妻にわめきちらした。

「こんな家、燃やしてしまえ！」「オレなんかいない方がいいんだろ！」……。

まず、父に一つ一つ、ことを順序だてて話す。次第に落ち着きを取り戻す父。

しかし数日後、またまた二人同時の転倒。今度は、父が頭を打ったらしい。取りあえず病院へ。ＣＴなどの検査をしながらようすを見たいということで一日の入院。

こんなことをくり返していたら、私たち家族は、どうなってしまうのだろう。気が休まる時間もない。私にとって大切な仕事をすることさえできない……。

綱渡りの新春、車いすの父母

綱渡りのような一日一日を重ね、なんとか二〇一一年を迎えることができた。

母の転倒が多いので、介護スタッフの方々と相談して、車いすを日常的に使うようにした。これも簡単な選択ではない。車いすにすれば、事故は少なくなるのは分かっていた。しかし、一度、車いすにしたら、ただでさえ筋力が落ちている中で、よほどのリハビリでもしない限り、歩行や散歩はもう望めない。やはり人として、立つ、歩くという運動機能はギリギリまで持っていてほしいのだ。今回も、健康な身体、安全など、いろいろテンビンにかけ、最終的に「車いす」という選択をとらざるを得なかった。

昨年末からの車いすの生活で、今のところ大きな事故はない。だが、母は日に日に立てなくなっている。車いすであれば、今までより行動範囲も広がると思われるかもしれない。しかし、立つ、歩く、そのために使う気力、体力、筋力、そして努力などが、車いすを使うことによって必要でなくなると、人間は、何もしようとしなくなるのだ。

最近、父も母も、朝起きて、朝食ができると車いすでテーブルへ。そしてテレビを大きな音量で見て、またベッドに戻る。昼食を摂り、昼寝。そして夕食時、車いすに乗り、そして夜も睡眠。事故がないのは、本人も家族も良いのだが、人間としての生活を考えると、むなしい思いがする。このままで行けば、母がトイレで立つこともできなくなる日も近いだろう。

三月十一日、東日本大震災発生

今日は何事もなくアトリエへ。本当に一日、思いきり制作できる日が少ない。ものすごいストレスである。十時過ぎにアトリエに到着。いつものように工具を出し制作に取りかかる。昨日から制作している小品の続きである。私は普段、昼食はとらない。時間がもったいないという貧乏魂である。そして午後に入り、アトリエ内にあるフォークリフトのつめを椅子にして制作に集中していた。

その時、私の全身は横に大きく揺れた。何？　止まらない。野外に置いてある、一トンクラスの作品も地面と共に大きく左右に……。電柱が、電線が、波をうったように揺れている。地震である。それも並の大きさではない。数分後、市役所の放送が流れた。

その後、石彫の工具や道具の購入先の伊藤さんが慌てたようすでやって来た。

伊藤「大丈夫でしたか？　石は倒れませんでした？」

私「うん、揺れたね」

郵便はがき

料金受取人払郵便

秦野局
承認
1113

差出有効期間
平成32年2月
29日まで

2 5 7-8 7 9 0

神奈川県秦野市東田原二〇〇-49

夢工房 行

お名前 性別 年齢

ご住所
〒

電話

ご職業
または
学校

購入書店名

※個人情報の目的(夢工房出版物のご案内)外使用は行いません。

愛読者カード・注文書

ご購読ありがとうございます。お手数ですが下記アンケートにお答えいただければ幸いです。今後の出版活動に活用させていただきたいと思います。

夢工房

書名

本書についてのご感想

小社へのご意見など

購読申込書〈小社刊行物のご注文にお使いください〉送料小社負担

書名	冊	書名	冊

※お支払は本が届いた後に郵便振替でお願いします。

伊藤「ええっ、仕事続けていたんですか？」

私「うん」

伊藤「ここまで来るのに信号が消えていて、街の中、市役所なんかも大変でした」

アトリエには、テレビもラジオもなく、周辺は川と山だけなので、街中のことは何も分からなかった。

こんな会話をしていると、ふたたび強い横揺れ。おーっ。作品もグラグラと揺れている。伊藤さんは自宅までの帰路が気になるらしく、あわてて帰って行った。何事もなかったように仕事を続ける私。これだけの地震であれば、家族のことや被害状況が気になって当たり前であるが、今の私にとってアトリエで仕事のできる時間は「宝の時間」である。

夕刻になり、日も傾き、そろそろ片付けでもするかな、と思っていると、友人であり、このアトリエで二十年間一緒に制作している彫刻家、横山さんがようすを見に来た。

「大丈夫だった？　大変なことになっているみたいだよ」

とテレビの報道を教えてくれた。「よしっ、帰ろう」と、私はバイクを走らせる。国道に出るまでの道路も信号機は機能していない。途中数か所、おまわりさんが手信号で対処している。そして国道へ。わあっ、まったく動いてない。車はほとんど動かない。しかし、私はバイク。車の横をスルスルと、普段通う時とほぼ同じ時間で帰宅した。

父も母も私のことを案じていたようで、私の顔を見て安心した母は、思わず泣き出した。妻は、私のことが心配で車でようすを見に出たという。

「大丈夫、車じゃ、どこにも行けないから、すぐ帰って来るよ」

案の定、あっという間に帰って来た。子ども二人の安否も確認し、とりあえずテレビで情報収集。

とんでもない大災害のようだ。今まで私たちが経験したことのないスケールで今、この時も災害が起き進行している。言葉も出ない映像ばかりである。そして翌日から報道された原発事故。自然災害に加えた人為災害。

この後数日間、この地域も交通網は途絶し、電車も運休して、まひ状態が続く。ようやく電車等が復旧しかけると、次は車のガソリンがない。どこへ行ってもガソリンが手に入らない。

日本中、いや世界中がこの大震災で混乱している間も、私の身体の異常は、さらなる展開を迎えていた。ここ数日、肩がしびれる。それも左側である。左首すじのしこりも消えることはなく、鼻炎、難聴も依然として続く。五十肩かな、などと周りの人々には話しているが、私の身体の中で確実に何かが起こっている予感がする。

チャリティー制作と忍び寄る病魔

震災後、美術界でもさまざまな動きがあった。「少しでも力に、少しでも復興の手助けを」と画廊やギャラリー、会社、グループ等でチャリティー展が企画・開催されてきた。私も震災直後から、幾つかのギャラリー、会社からお声をかけていただき、チャリティー展への作品制作に取りかかった。少しでもお役に立つことができれば、少しでも復興の手助けになることがあればと願った。震災で家族を失った方々、家を流されてしまった方々、そして瞬時に無念の死を迎えてしまった多くの方々の気持ち、多くのことを思い、私は石にその思いを刻んでいた。

しかし現実は、私の肉体、精神を開放させてはくれなかった。日々強まる肩のしびれ、シップ薬を貼っても、ぬり薬をつけても、一向に治まらない。ハンマーを振りおろすたびに痛み、しびれる左肩。それに加え、左耳の難聴、気が付くと右側の首すじのリンパ腺にも二〜三のしこりが現われた。

依頼されていた仕事を、だましだましこなす日々。何とか数点の作品を創り上げることができた。これらの収益金は被災地、そして被災地の美術館などに届けられたと報告を受けている。自分のできることで少しでもお役に立てたか、と考えている間も、病魔は私の身体の中でその動きを一層活発化させていた。

ある夜、私は入浴しようと脱衣所で服を脱ぎ、ふと下腹部に目をやった。右側の腹部だけが、プックリと腫れている。首すじのしこり、しびれ、そして腹部の腫れ。一瞬、氷つく神経、思考。

五十肩だ、疲れだなどと言っているだけでは済まされない。今まで経験したこともないことが私の身体の中で起こっている。その後、首すじのしこりは大きさを日に日に増していく。外から見ても、首のしこりは確認できる程になり、夏には、左耳の後ろの首すじのしこりはピンポン玉大になっていた。

秦野日赤病院で即日検査

妻に話し、かかりつけの川口医院へ。川口先生は息子を取り上げてくれた先生でもある。先生は、私の首すじを触りながら厳しい表情を浮かべ、「う～ん……」という声を発した。

これは、血液内科の分野らしい。

「紹介状を書くので、なるべく早く受診しなさい」

翌日、早速、紹介状をたずさえて秦野日本赤十字病院へ。妻はこの日、仕事なので一人で待ち合いへ。三十分程すると私の番号が点滅、中待合室へと移動する。数分後、名前が呼ばれる。私の担当医師は、血液内科のT先生である。診察室へと歩みを進める。

先生と対面し、私の身に起きたこれまでのこと、現在のようすを説明する。先生は私の首すじを触りながらメモを取り出し、私に見せながら、考えられる病気の説明を始めた。

東日本大震災発生以前に岩手県宮古市に設置したモニュメント「海の仲間達」
後に無事の知らせが届いた

「まだ触診、問診だけなので、はっきりしたことは言えないが、悪性リンパ腫の可能性が高い」

そして、この悪性リンパ腫について細かく説明してくれた。リンパ腫といってもいろいろな種類があるらしい。これからエコー検査、CT検査、PET検査など複数のの検査を重ね、悪性リンパ腫であるならば、どの種類であるかを見つけ出すらしい。

やはり私はがんに侵されていたのだろうか。

先生は、早々にエコー検査室、CT検査室へ連絡を取ってくれている。

「西巻さん、エコーとCT、何とかこれから検査をしてくれるとのことです」

「ありがとうございます」

今日、初回受診でエコー、CTまでできるなんて思ってもいなかった。診察室を後に各検査室へ。まずは、エコー検査。ジェルのようなものを肌にぬり、超音波で画像診断できるものらしい。私の首すじ、そして腹部にジェルをぬりながらマウスのようなものを動かす。横にはモニターが控えている。

先生は、マウスを動かしながらモニターを見つめ、「ン……」「多いな」「これは大きい」などとつぶやいている。そして次のCT室へ移動。これは、ただ横になっていれば済んでしまうので、あっという間に終了。ふたたび待合室で呼ばれるのを待つ。

がんの告知「十中八九、悪性リンパ腫」

実は、私に現われた数々の異常については、自分なりにインターネットで検索していた。自分の症状を何度パソコンに打ち込んでみても、答えは「悪性リンパ腫、リンパ腺のがん」であった。今日の受診に際して、私の中では、この病名を告知されることもある程度の覚悟はできていた。

三十分後、病名を告げられる。先生は送られてきた画像に目をやっている。そして私と目を合わせた。

先生「西巻さん、やはり悪性リンパ腫の可能性が高いです。というより十中八九そうですね」

私「……はい、分かりました」

先生「そうであれば早急に検査を済ませ、治療しましょう」

先生もがんの告知はいやだろうが、私があまりにも動じないので少しびっくりしたようすであった。先生は、そんな私の思いを受け止め、早速、それぞれの検査のために連絡を入れてくれた。

今後、東海大学付属病院ではＰＥＴ検査、秦野赤十字病院では一泊入院で生検摘出検査。これは私の身体からがんの腫瘍を切除し、それがどんな型のがん細胞かを調べるもので、外科的な手術も受ける。そして骨髄穿刺。これは、私の骨髄をぬき取り、がん細胞が骨髄にあるかないかを調べるもので、この検査はかなり痛いとのこと。

翌週から、これらの検査が始まる。病名の告知を受け、先生に挨拶を済ませ、退室。

やっぱりという思いと、何で？　という思い。心にポッカリ穴が空いてしまったようである。空を眺める。すると、私の具合を心配してくれていた横山さん、秋山石材の秋山さんから続けて電話がかかってきた。

「やっぱりがんでした」

口ではあれやこれや話しているが、心配してくれる方々のことを思うと涙があふれ出す。そして一番、私のことを気付かってくれている妻に連絡した。今日は、仕事なのでメールを送る。

「やはり悪性リンパ腫みたい」

こんな短いメール文だったと思う。ある程度覚悟はしていたが、私自身に告げられたがんの告知。一瞬で死という言葉が頭を支配する。全身から抜けていく力、妻や子どもたちの顔が浮かんでは消え、消えては浮かぶ。

ここ数年の私の人生は何だったのだろう。父や母のことを最優先に考え、自分たちのことは二の次にしてきた黒子のような数年。新居に移り、父母との同居ができた今、次に待っていたのは、私のがん。この日から数日の間、私も妻も答えの出ない思いをめぐらせるだけの日々を送った。しかし人間は、強い。翌週の検査から、私は病気と闘う力が湧いてきた。

東海大学付属病院でのＰＥＴ検査、秦野赤十字病院で生検のための一泊手術入院。また、「痛いよ！」と言われていた骨髄穿刺もそんなに痛みも感じずにクリアした。そしてすべての検査を一か月という短期間で終了することができた。

全ての検査を終えて

今日は入院前の最後の受診である。いつものように血液検査を済ませ、待合所へ。三十分程経ったころ、私の番号が点滅し、中待合室で待つ。名前が呼ばれ、診察室へ。

これまでの検査結果が全部出揃った。それによると私のがんは、非ホジキンＢ細胞。日本人の九十％が非ホジキン。そしてＰＥＴ検査の画像によると、がんは私の両首すじのリンパ、食道から肺の入口、下腹から腿にある大動脈リンパ周辺と、私の全身に広がっているらしい。病気の進行はステージ3であった。ご存じの方も多いと思うが、病気の進行をステージで表わす。1から4までで、私は3であった。先生の話だと、これで骨髄までがん細胞が入っていたら4だったらしい。ほとんどの方は、このろ胞性リンパ腫の進行速度は年単位で遅く、これを低悪性と呼ぶ。私の場合、進行の速度が月単位と少々速く、中悪性度と同等の治療を行うらしい。がんが活動期に入っているのだろう。

現代の医療には、本当にびっくりすることが多いが、一番驚いたのがＰＥＴ検査。ま

ず、放射線を出す物質を少量、静脈から注射し、さらにブドウ糖に類似したＦＤＧという、がんの病巣に多く集まる物質を投与し、その分布を画像化するもの。身体のどの部分に、どれくらいのがんの病巣があるかが一目で分かるというもの。言うなれば、人体におけるがんの分布図である。これがリアルで、私はこれを見た瞬間、「あーっ、もう逃げも隠れもしませんので……」と、こんな感じであった。

　そして、入院・治療について先生から説明があった。今回私が受ける治療はＲ－ＣＨＯＰ療法という複数の抗がん剤を使った化学療法である。低悪性度～中悪性度の悪性リンパ腫治療によく用いられる方法で、使う薬を英語表記したときの最初の文字を取った呼び方である。

　Ｒ…リツキシマブ「リツキサン」抗体医薬

Ｃ…シクロホスファミド「エンドキサン」

H…塩酸ドキソルビシン「アドリアシン」
O…硫酸ビンクリスチン「オンコビン」
P…プレドニゾロン「プレドニン」ステロイド剤

その他、副作用や生活上の注意などを聞き、入院日時を決める。先生から、「一緒にがんばりましょうネ」とエールをいただき、私も、「はい、がんばります」と答え、診察室を後にした。

入院と「人体がん分布図」

入院は、九月二十七日（火）午後三時すぎと決まった。その日は、妻も一緒に来て下さいと。これまで、妻は一度も先生とは会っていない。病気が分かってからというもの、私は、妻にこれ以上の心配や負担をかけたくないという思いから、すべて一人で行動してきた。妻にとっては、私からの情報がすべてであった。これまでも書きつづってきたように、私たちの日常は、常に役割を分担しなければやっていくことができない、成り立たないのである。これ以上の負担を妻にかけることは、男としてできない、そう自分の中で誓っていた。

午後三時前、入院手続きを済ませる。病室に入る前に検査（心臓エコー）と、先生からの話があるという。廊下の向こうから先生の姿が現われた。手にはいくつかの資料がある。空き部屋を探し、私たちを招き入れた。そして先生は、妻に病気と治療の説明を話し始めた。先生の話す言葉を一語一句も聞きのがさぬよう、妻は先生の目をじっと見つめている。

そして先生の手が資料の一つにかかった。「まさかっ」そのまさかであった。人体がん分布図である。私は思わず、「先生、それはちょっと」と言ってしまった。しかし、現代医療は情報を隠したりはしない。先生は、私の人体がん分布図を広げ、妻の目の前へ。

「説明など必要ない」

私は心の中でそう叫んだ。私は妻の表情をのぞき込む。最初は何か？　やがて、体中に広がる光るものが何であるかを理解すると、妻の視線が宙をさまよっている。見てしまったのである。そして妻は私の方に眼をやり「がんばろうね」と一言。

バタッバタバタ、強くなった雨音がモクレンの葉にぶつかる。バタバタッ、記憶を辿った時間、多くの点を結び一本の線へとつなぐ。バタバタ、いつしか雨音が過去から現在へと私を連れ戻してくれる。

がんに生かされ石を彫る

十月二十二日（土）

二十日(木)、二十一日(金)と二クール目の抗がん剤治療。初回は入院しての治療であったが、今回からは通院治療である。病院到着後、まずは血液検査。先週は減少していた数値がどこまで回復しているかが気になる。先生によると、先週、白血球は二〇〇〇まで減少していたが、今日は、六〇〇〇まで回復しているそうだ。一安心。そして中央治療室へ移動。これから先が長い、抗がん剤治療は、この部屋で受ける。そうそう、白血球の数の標準値は通常三五〇〇~九八〇〇だ。

部屋には、見る限りベッドが七~八台あり、それぞれカーテンで仕切られている。心電図を見るため、パットを身体につける。血圧、体温は三〇分おきに計る。初回の入院治療の際に、今日投与するリツキサンの後に発熱があったので少々不安である。リツキサンが体内に入る。とてもゆっくりである。前回のようなかゆみは起きない。点滴をじっと見つめる。

ポタッ　ポタッ　ポタッ
点滴から流れ落ちる
一滴一滴の薬のしずくが
命を考える時を刻む

そして軽い眠りへ……。約四時間の点滴が終わる。不安視していた発熱もなく、明日は二日目の治療である。

そして二日目、やはり、前回同様にどぎついオレンジ色の薬品アドリアシンは、強烈に鼻からぬける感覚だ。なんとか二日間の点滴を終えることができた。今日はこの後、生検でお世話になった耳鼻科のK先生の受診が待っている。K先生に首のリンパ腫を摘出していただいたのだ。

先生は私の顔を見るなり、その手を首へ。「おーっ、良くなったね」と一言。傷口はまだ少々痛むが、なんと言っても前回、そして今回と二回であるが、まったくと言って良い程、しこりが消えている。先生は、私の傷口を確認すると「がんばってください」

と一言、私にエールを送ってくれた。今日で耳鼻科の受診は終了。

病院を出て、近くの「ぎゃらりーぜん」へ。多賀さんに笑顔で挨拶。多賀さんも私の帰りを待っていてくれたようだ。田村憲子さんの顔も見える。

憲子さんのご主人、田村仁さんはカメラマン。かつては報道カメラマンもやっていたそうだが、その後、アジア各地の宗教美術や文化などを取材している。写真集や展覧会なども数多く経験している写真家である。近年、取材を国内に移し、日本各地の寺院、文化などの取材を行っている。私が近年、制作している五百羅漢像などの取材撮影は田村さんである。

憲子さんは笑顔で私を迎え入れ、インド製のすてきなマフラーをプレゼントしてくれた。とても肌にやさしく、色合いも素敵である。周りの温かな人や心に改めて感謝。この気持ちを命ある限り持ち続け歩んで行こうと思う。

そして今日はもう一か所、足をのばしてアトリエへ。これから始まると思われる抗がん剤の副作用で、仕事には出られないことを想定し、アトリエから小品を家に持ち帰った。眺めながら、これからの作品作りのイメージを膨らませようと思っている。

今日は、病院の看護師さんから、「イエローカード」を一枚もらってしまった。これまで何でも一人で、バイクでヒョイヒョイ。今日も一人でバイク通院である。今、行っている抗がん剤治療は、抗がん剤の中でも強いものらしい。また、何種類かの薬を服用してから点滴に入る。それなのに、「バイクでヒョイは危険すぎる。次回からは、バスか付き添い付きで来るように」と。

十月二十九日（土）

昨夜、発熱あり。

二十七日、少々気温が低かったが、体調も別段悪くなかったのでアトリエへ。ついつい長い時間、制作をしてしまい、帰宅が遅くなった。節々が痛い。筋力が落ちたせいなのだろうか？　と思っていたが、気温の変化に身体が対応できなくなっているのかもしれない。これからは、自分の身体が今までとは変わっていることを自覚して日常生活を送らなくてはいけないと改めて感じる。

二クール目の治療、数日前から始まった副作用の脱毛、毛髪が力を入れなくても束で抜けるのにはビックリする。少しずつ修行僧？　らしくなってきた。

　　がんと向き合う日々
自分の姿を鏡に映す、日々抜け落ちる
毛髪、ひげ、眉毛。
そして体内を流れる血液さえも

笑顔が一番の良薬

その色を無くしていくようだ
すべてがそぎ落ち何か新しい自分が
生まれて来る様な気さえする
今、真白になって行く自分に
新しいものを植え付けたい
もっと大きく、そして
暖かなものを
一日も無駄にしたくない
今を受け入れ、今を見つめ、今を大切に。

十一月四日（金）

今日は通院日。二クール目の抗がん剤治療が始まってから二週間、白血球が一番減少する時期である。夜一時すぎに目が覚めた。ゴソゴソと起き出しコーヒーを淹れボーッとしている。

最近は、昼間、身体が動かない分、夜中から早朝は、エンジン全開である。これは、服用している大量のステロイド剤、プレドニンの影響も多々ある。今回、病いにかかり、そして告知を受ける中で思うことがある。

がんがくれた「人生の乗車券」

人は誕生し、そして死を迎える。これは生命あるものすべてが避けることができないものである。私で言うならば、西巻一彦、昭和三十四年十二月十九日にこの世に生命を受ける。これは一人の人間として母の体内から産まれ出たということである。それから五一年という年月、さまざまな経験、体験を重ね、今を迎えたのである。そして五二年目の九月、がんという病いの告知を受ける。その瞬間から、生きるということの背中合わせに死があることを現実として認識しなくてはいけなくなった。

今、書いていることは、みんな分かっていることなのであろうが、そのことを確実に認識し、身をもって理解している人は少ないと思う。今、私は、これら生と死を理解、認識できた人にだけ与えられる「人生の乗車券」をいただいたような思いがある。生きること、すなわち、そこに死がある。だから生あるものは、いかにあるべきか、何をなすべきか。この乗車券には年齢制限や男女の区別もない。有効期限は一人ずつ違う。

今まさに私も、この乗車券をいただいたのである。最終駅は死である。これから先、どれだけの時間、旅を続けられるか分からないが、この人生の乗車券をポケットにしまい、旅に出ようと思う。がんという病いで思い苦しんだことも多くあったが、そのがんが私に乗車券をくれたのである。

今日という一日の旅をどんな旅にするかは私次第、自分のありようで決まる。さあ出発だ。

十一月二十八日（月）

これまで三クール目のR-CHOP療法、抗がん剤治療を重ねてきた。口内炎、口内のしびれ、味覚障害、便秘などの副作用が徐々に強くなっている。

十二月十五日より「ぎゃらりーぜん」で開催される、冬の「ハートアート展」出品のため、体調と相談しながら制作を進めている。このところ、季節の変わり目で朝夕の気温が随分と下がっているようだ。あまり無理はできない。現在、制作している小品の作品たちを記録に撮っておきたく、写真家の田村さんにお願いして写真に収めている。

この日も、「ぎゃらりーぜん」をお借りしての写真撮影である。がんになり改めて気づいた生の賛歌。日常生活の中で気付き気付かされたこと、今の私の五感で感じ取れるさまざまなものを石に刻み、文章にしている。ぜひ多くの方々にご覧いただきたい。

今回のような作品の形体や表現方法は、がんになっていなければやっていなかったであろう。なぜなら、肉体と精神のバランスが以前の私と今の私では全然違うから。今の私は以前のような体力はない。石と向き合える日数も限られている。しかし精神は以前より格段にクリアになっている。足りない部分は、増した部分が補ってあげなくてはならない。

言うならば、今の私の作品は、何でもありの感性彫刻である。石があり、木があり、布があり、そこに言葉がある。乞う、ご期待である。

十二月十四日（水）

最初の目標であった「ハートアート展」の今日は搬入、展示である。会期は、明日十五日から二十五日まで。現在、私の体調は表面的には悪くない。しかし見えない体内の調子は白血球、血小板ともに一番低下している。そんな私の体調を気遣い、写真家の田村さん、彫刻家で友人の横山さん、そして大学の後輩で画家の永井君らが手伝いにかけつけてくれている。

今回は、グループ展。私の他にもさまざまなジャンルの方々が出品している。最初に、「ぎゃらりーぜん」の多賀さんに、そして手伝いに来てくれた方々に挨拶した。

展示作業が始まった。今回は、小品ばかりなので、それほど大変なことはないのだが、みんな私の身体を案じ、駆け付けてくれた。私はなんて幸せ者なのだろう。ゆっくりと考えながら展示が進む。

夕刻、すべての作品、作家の展示が終わった。多賀さんのはからいで、出品作家の交流もかねて、お茶会が開かれた。お茶を飲みながら、作家の自己紹介。私がトップバッターである。そして私は、次に今日、手伝いに来てくれた面々を指名し、自己紹介してもらった。順番は後輩の永井君へ。

彼は、学生の時から私の家に、キャンバス、絵の具を持ち込んで絵を描いていた。その後、私が開いていた絵画教室や、当時、私が任されていた幼稚園の造形教室でも手伝ってもらっていた。造形教室はその後、永井君に任せるようになった。それがエスカレートして、彫刻のアシスタントまでもお願いしていた。現在、永井君は画家としてがんばっているが、石の仕事をしたら、その辺の若い作家より技術があると思う。それほど彼といた時間は長かった。

永井君は立ち上がり、これまでの私との関係を話し始めた。そして私の病いのことを話しながら泣き出してしまった。思わず私も目頭が熱くなる。本当に心やさしい後輩である。多くのすばらしい人々とこれまで関わってこれたことに、今改めて感謝である。明日、初日を迎える「ハートアート展」は楽しみ一杯である。

十二月二十六日（月）

二十五日まで開催されていた「ハートアート展」も無事終了。本当に多くの方々が、ぎゃらりーに足を運んでくださった。また、会期中、私の「案内」で私の病いのことを知った多くの方々から励ましの電話や心暖まる手紙を多数いただいた。幸せ者！

病いを得る以前であれば、通常の年末のグループ展の一つであったのだろうが、今回はまったく違った意識で取り組んだ作品であり、発表であった。治療中は、本当に石が彫れるのか？　身体は維持できるのだろうか？　と不安だらけであった。しかし、一つの目標を持ち、一日一日を精一杯過ごすことによって、充実した制作の日々を送ることができた。今の気持ちを忘れることなく、より率直で皆と共有できるような人間的な作品を作っていきたいと思う。

副作用のオンパレード

「ハートアート展」開催中、五クール目のR-CHOP療法があった。回を重ねる毎に副作用もきつくなってきた。先生も、「ダメージも重なってくるからしょうがない……」とのことであった。まず口内、舌がしびれ、バサバサした感覚がある。何を口に入れても粉のような舌の感覚。味覚もかなり鈍くなっていて、視覚と嗅覚がなかったら味の感覚はないのではと思うほどである。口の両わきは切れ、口内や唇に口内炎や炎症が何個所かできている。また鼻の中は常に少量の出血があり、このところ、ひどい便秘にも悩まされている。胃は常にムカムカ状態で、指先は常にシビレっぱなし、まさに副作用のオンパレードといったところである。

私などは、まだ、下手くそながら絵を描いたり、文章を書いたり、工作したりと、集中できるものがあるから、何とかその日その日を送っているが、副作用のことばかり、病いのことばかり考えていたら、気がおかしくなってしまうのでは、と思ってしまう。

しかも、この副作用は定期的にやってくる。抗がん剤治療を二日間、二日目にプレドニンというステロイド剤を一日二十錠、五日間飲み続ける。大体これを飲み終わるころに副作用が出始める。そして徐々に強くなる。

私の場合、口内炎、喉の痛みから始まり、味覚障害が強まって行き、同時に便秘が始まる。指先のしびれや胃のむかつきが平行して起こり、食欲がなくなり、そして貧血状態になる。だいたいこれが一週間続く。その後、口内炎が治ってくると極度の脱力感、倦怠感に襲われる。座っているのもきつい日がある。冬期に入って困るのは鼻水。鼻毛がなくなり、鼻の粘膜も傷つき、薄くなるので、鼻水が水道の蛇口を捻ったように流れ出る。子どもたちに笑われることもしばしば。そして二週目を過ぎたころから体調は上向きに転じる。「ああ、やっと体調が戻ったぞ」と思ったころには次の回の治療が待っている。このくり返しである。

しかし、年内にこれまで五回の治療を受け、これらの副作用を乗り越えることができたことは自分の自信になっている。残すところ三回である。がんばろう。

しかし、今行っている治療で、私の病気が治るかどうかは別の問題なのである。現代医学において悪性リンパ腫（非ホジキンタイプ）には、このR-CHOP療法が現時点では初発治療として標準の治療法ではある。しかし、この治療を行ったから、「はい、治りました」ではない。リツキサンの登場で、以前よりはかなり有効になったらしいが、数年後の再発も頭に入れておかなければいけない。実際、私がこの病いになり、主治医のT先生とお話しする時も、再発の可能性があることは常におっしゃっている。その時はその時、その時の私が闘えば良い。今はそう思って日々を送っている。

十二月三十日（金）

今年も残すところ後わずか、この一年をちょっとふり返ってみる。「人生いろいろあるなー」これが正直なところ。昨年のこの日、一年後に自分が抗がん剤の副作用で、のたうち回っているなど考えもしなかった。それくらい世も人も常に移り変わっているということであろう。

そして、東日本大震災や原発事故と、本当に歴史上忘れられない災害や事故が起き、それによって多くの人命がこの世を去らなくてはならなかった。そのことを、残された我々は決して忘れてはいけない、そういう年であった。

原発の事故などは、今まで歩んできた我々の道に、大きな問題を投げかけているのではないか。人間の豊かさとは？　地球という空間に住まわせてもらっている人類、そこに生きるのは人類だけではない。この地球から空気や水がなくなれば、人類など、あっという間に滅びる。何度も書いてきたが、これまでの観念のまま、経済最優先の社会基盤のままで、これから先、我々の真の幸福はあるのだろうか？

原発事故直後、日本のみならず世界中がこの問題に取り組んだ。日本国内でも原発の賛否はいろいろあるだろう。しかし、今回もそうであったが、経済界や産業界は、早々に早く原発の運転を、再稼働をと原発推進の後押しである。自分たちの分野の経済性のことしか考えていない。これだけ多くの大切な命を犠牲にしてしまったのだから、「本当に今の社会基盤は正しいのか」と、真剣にみんなが考えることが必要であり、我々の役目なのではないかと私は思う。

「丁寧に生きる」

そして、私個人の来年の抱負は、「丁寧に生きること」である。

今頃になってあわただしく？　年賀状を書いている。昨年までは、ほとんど印刷で済ませていた。そして書き忘れた友人などには、メールで済ませたことさえある。年賀状は毎年、何十枚、いや何百枚も出すのだから、印刷であたり前、そんな思いさえあった。

しかし、よくよく考えてみれば、年賀状とは何なのか？　である。旧年中、お世話になった方々へのお礼と、「新たな年もまたよろしく」という意志表示の一つなのではないか。お世話になった一人一人の顔を思い浮かべ、気持ちをハガキに載せる、それが本来の姿であると思う。

　現代は情報化社会であり、メールなどを使えば瞬時にいくらでも情報は送れる。年賀状も、今ではその一つになってしまっているのではないだろうか？　気持ちよりもノルマや儀礼としての情報の伝達。そこには人と人の心のコミュニケーションなどもはやない。

　子どもたちは、手に手にケイタイを持ち、ノリで「明けオメ」メール。そしてその横にいる親たちまでもが「明けオメ」……。

　私もこれまで似たようなことをしてきたなと思う。それが現代であり、それが社会なのだと深く疑うこともなく、考えることもせずに。しかし、病いになって思うこと、感じたことは、これまで多くの方々に支えられてきたんだ、そして今、自分があるのは、出会った人々一人ひとりがいたお陰だと心から思えるようになった。

　これも、がんが私に気付かせてくれたものの一つである。がんには少しだけ感謝の念を抱くようになってしまった、少しだけだが……。そして今、一人ひとりの顔を思い浮かべ、つたない手紙を書き続ける。丁寧に生きようと。

十二月三十一日（土）

今年も、今日一日を残すのみ。一年は一日一日の積み重ね。あと一日で新たな年を迎える。そう、一日生活し、一日過ごすだけであるが、新年という言葉を聞くと気持ちも引きしまり、夢も広がる。おもしろいものだ。

今年は体調のこともあり、大そうじはできないものの、小そうじくらいはと思い、休み休みではあるが、床そうじ、玄関の周辺のそうじを何とかこなした。妻は朝から、父母の部屋の窓拭き、我が家の部屋そうじ、車の洗車、次から次へとよく動く。普段は、部活（二人ともバレーボール部）で、暮れも新年の休みもない子どもたちも、今年はオフだという。それぞれの部屋のそうじをしたり、模様替えなどをしていて、これまでにない師走の空気が我が家にただよう。

コタツのある空間

そして、リビング。テーブルとイスを撤去し、新たにコタツを設置して、模様変えをした。これまで長い間、私は、和式で育ち、生活をしてきた。この新居に移ってからは、両親が車いすということもあり、リビングにテーブルとイスを置いた洋風の生活をしてきた。しかし、父母ともに、少しの歩行も困難な状況となって、テーブル・イスの生活に限る必要はなくなっていた。

昨年秋からスタートした私の治療は、回を重ねる毎に強くなる副作用が伴った。イスに座っているのもつらい日が多くなるとともに、床に寝そべる時間も増してきた。家族がともに集う共有の空間でも、みんなはイスに座り、私は床にいる。みんなの視線からかなり低い私の視線、そして私の存在。そこで妻と相談し、私も楽だし、子どもたちとの視線も合うように、コタツ（実際は床暖房）に模様変えをしたのである。

卓上には定番のみかん。新年を迎える最高の舞台設定が整った。息子は久しぶりの床生活に大満足で、ここで寝て新年を迎えたいと、二階の自室から枕、毛布を持参し、早くも陣地確保の態勢。娘もリラックスしている。

テーブル・イスも機能的ではあるが何か足りない。何かドライな感じがしていた。一日の流れを追ってみる。

朝食、子どもたちはすぐに学校、次に私たちが食事。そしてみんなが集まるのは夜の食事の時である。そして少々の時間、テレビを観て、各自の部屋へ。子どもたちが大きくなり、ますます家族でともに過ごす時間が短くなっている中で、食事のためにこの空間に集い、そして終わると各自の場所へ戻る。それぞれが忙しい家族の中では、この方が片付けも楽だ、時間の区別もできる、という家庭もあると思うが、何かもの足りないのである。

子どもや家族の一人ひとりが今、学校や社会でどのように生活しているのか？　その中で何を考え、何に興味を持ち、何に悩み、何を楽しみ、どんな問題に直面しているのか。それらを読みとる時間、それらを汲み取る空間を、現代の家庭・家の構造はなかなか与えてくれない。そんなことで不自由さを感じていたのである。

今、コタツでこの文章を書いている私の目の前には、毛布にくるまり、軽い寝息を立てている息子がいる。足先は、対面に座る私の所まで達している。昨年までは、身長が伸びない、小さい、などと話していた息子も、あれよ、あれよという間に大きくなり、今では私を超えた。そんな久しぶりに見る息子の寝顔。背は伸びたが、まだまだ幼い。

しかし、二人の子どもたちは大学生と高校生。親と子のコミュニケーションの残された時間は少なくなっている。その短い時間、どれだけ子どもと接していられるか、子どもも親と接することができるか。私は、コタツにすることで、機能とは逆に無駄な時間を作ろうとしているのかもしれない。コタツがくれた我が家にとっての幸福な空間である。

おっ、気がつけば二〇一二年、そろそろ初日の出の時間である。朝日に向かって深呼吸、一日の元気をいただこう。

平成二十四年一月一日（日）

初日の出

真冬の暗闇をゆっくりと、しかし

確実に暖かな色調へと染めて行く
大いなる太陽
旧年、我々に起こった数々の災難や不幸
心の苦しみ、悲しみ
人々の内なる心の暗闇も
ゆっくりと明るい色調へと
いざなってくれたらと
新たな年に思い願う

今日から新年である。

昨年起こった数々の災難、失われていった多くの尊い生命、私たちは、これら多くの魂の重さをしっかりと受け止め、無駄にすることなく歩まなくてはならない。私も、病いを正面から受け止め、受け入れることによって、病いを逆に生きる活力に変えよう。そして、これからの人生、一日一日を大切に歩んでいくつもりである。昨年、誓った今年の抱負「丁寧に生きる」を忘れずに。

今の私は、新年という新たな気持ちは当然あるが、「一日一日が新たな日」という感じが一番の表現に思える。今日を精一杯生きる。明日のことは誰も分からない、知らないのである。だから明日への希望を持つためには、今日を精一杯生きるのである。仕事も健康も、すべて今を精一杯生きることでつながっていくと思う。

当面の目標を考えている。まずは、「全力で治療に当たる」である。回を重ねるたびに副作用が強くなっている現実、まずはこれを乗り越えること。次は、今、書き続けている私の日々の記録をまとめ、何かの形に残すこと。これは文章と作品（写真）ともにである。あまり先の目標は定めずにやって行こうと思う。もう一つは、新年の一作目の作品を何にするか考えていたが、これも決定した。これは、実際に制作し、出来上がってから書くことにする。

ともあれ、家族六人全員が揃い、新年を迎えることができたことに感謝である。久しぶりにゆっくりとしたお正月になりそうで良かった。

一月十四日（土）

十二日、十三日と二日間、今年に入り初めての六クール目の抗がん剤治療である。やはり回を重ねるごとに薬の副作用は強くなっているというのが本音である。舌先のしびれに伴う味覚障害、指先のしびれは慢性的になってきた。たとえば読書をしていても、本のページをうまくめくれない、料理をしていても味が分からないなど、生活にも不自由さを感じることが多くなってきている。

十二日（木）は、午前中はベッドが満杯ということで、午後一番の点滴であった。ほとんどの患者さんの治療は終了していたのでスムーズに点滴が始まり、思っていたより早く終了。そして二日目は朝からの治療である。いつものように点滴を始める前に血圧を計る。この時は、上が一二五であったと記憶する。いつもより低く、安心して点滴はスタートした。

私は普段、血圧は高め、今までも病院到着後、点滴の前には血圧を計っていた。ほとんどが、上が一四〇後半から一五〇位であった。すると看護師の方から少し高いと指摘されることがよくあった。そんなことから、この日も朝一番の血圧測定は少し不安があった。「おっ、一二五、良いね」なんて心の中でほくそ笑んでいた。

そして、点滴スタート。順調に進んで行く。看護師さんが定期的にようすを見にきて私に話しかける。「白衣の天使」は、私のような重い病気を持つ患者にとってピッタリの言葉である。常に冷静で動じることなく仕事を全うし、そして人間的にも笑顔を絶やすことなく私たちに接してくれる。医学の知識も豊富で、日常的に多くの患者さんと接していることもあり、患者の気持ちを理解してくれる。私たち患者にとって、まさに白衣の天使なのである。そして、二回目の血圧測定は一一〇。いつもより低い。いつからこんな優等生になったのだろう、なんて逆に考え込んでしまう。

その後、少しずつであるが貧血に似た症状が現われる。薬のせいかな？　と思っていると、三回目の血圧測定では一〇八である。少しずつであるが確実に下がっている、貧血状態は未だに続いている。点滴が続く、スーと睡魔に襲われる、ハッと気がつく、そしてまた睡魔に……。何かいつもと違う。そして次の測定では九七。看護師さんも、今までの治療データに目をやり、「西巻さん、今日は低いね」と私に告げる。データを見ても、こんなに低いことはなかったのだ。当然、私本人もそのことは分かっている。その間も、スーッスーッと睡魔が襲い、ハッと気がつき時計に目をやる。ほんの五〜六分の出来事、そのくり返しである。

看護師さんも気になるらしく、血圧計を交換してみようと提案してくれる。そして私に一冊の冊子を手渡し、「血圧手帳です」と告げる。ちょっと気になるから、普段から一日の血圧の変化を測って記録しておいたら良いと言う。

私は、手に取った冊子のページをめくる。ふんふん、血圧に関するいろいろなことが書いてある。上と言っているのは、収縮期血圧という。そして下は拡張期血圧。私の今の収縮期血圧は九七。図表に目をやる。九〇なんてないよ、あらあら。そして次の血圧測定では、何と記録更新の八七。喜んで良いのか悲しんで良いのか。その後、徐々に上がり、一〇〇台までに。何でこんなに低かったのか未だに不明である。

昨日、病院で手渡された血圧手帳で血圧の勉強をする。気がつくと夜明けである。東の空がほんのり色付く。何度見ても朝の空は、気持ちが引きしまる。新年に見た日の出からすでに半月、確実に日の出の時間も早くなっている。庭先に現われ、電線の上でさえずる鳥たちも早起きになっているようだ。先程から、キーキー、ギャーギャー、朝の挨拶なのか、テンションの高い鳴き声をあげている。

私はそんな声を耳に感じながら血圧手帳のページをめくる。なになに……「早朝高血圧に注意、心筋虚血発作は午前中に発症しやすい、朝六時頃から急激な増加を示し」云々とある。「ほーう、そうなんだ」急に寒空の下、鳴き叫ぶヒヨドリや、スズメが心配になった。お前たち、早朝高血圧には注意だぞー。自分のことより小鳥が心配になってしまった朝である。

一月十九日（木）

昨日から副作用がきつい。抗がん剤治療後、八日目である。毎回、治療後一週間目ころから、ガタッと体調が悪くなる。今年は例年より寒いとニュースでも報じているが、今の私には、寒さと副作用は想像以上にこたえる。新年に入り、アトリエで石の制作ができたのはわずか一日である。一般的に言えば無職、私流に言えば、家族の留守を守る自宅警備員、立派な職業である。たとえ、留守中に泥棒が入ろうと、私の容姿をひと目見れば、泥棒も一目散に退散することまちがいない。何と言っても、頭はスキンヘッドになりそこねたブタのような頭、おまけに眉毛だってないのである、自分だって鏡に向かうと怖いと思うほどである。家族から給料はもらえないので、一応ボランティアとしておこう。

「賢善一夜の偈」

そうそう、石と向き合えたほんの一日で、何と、以前書いた、新年最初にやりたい仕事の石の部分の制作を果たしていたのである。そして、その石と組み合わせたかった、木材の板材を木工家の石塚さんが届けてくれた。「やった」、これで材料が揃った。後はこの板材に文字を彫るだけである。家の周辺に怪しい人物はいないかという確認作業を済ませ、いよいよ三角刀で文字を彫り始める。

板材に彫る文字は、学生時代に購入した本の中にあった文章である。以前にも書いたように、毎日の警備の空き時間の読書は日課で、たまに外出すると本屋さんで立ち読みの後、数冊、本を購入していた。しかし、周辺の治安が良いこともあって、任務中の空き時間がかなり長く、すぐに読み終わってしまう。そこで本棚に並ぶ本を再読していたのである。

本のタイトルは、『仏教の基礎知識』（水野弘元著）である。むずかしいと言えばむずかしいが、病いになってからは、以前にもまして宗教的なものに興味が向いた。特に水野弘元さんの本は、著者のもっている人間観、仏教観、哲学観を垣間見ることができ、すばらしい学者であると前々から思っていた。その本の中に釈迦の教えの一つ、賢善一夜の偈という言葉、教えがある。偈とは、ほめたたえるという意味をもつ。

　賢善一夜の偈

過去を追わざれ　未来を願わざれ
過去はすでに捨られ　未来は今だ至らず。
ただ現在の法を　その場その場に観察し
揺ぐなく　動ずるなく　よく了知して修習せよ。
今日なすべき事のみを熱心になせ
誰か明日の死を知らん……
かくの如く住して　熱心に昼夜怠らざる者
これを寂静　牟尼なる
一夜賢者という。

どうであろうか？　私は、病いを得て、死というものを生あるものとして正面から受けとめ、一日一日を精一杯生きる。すると、花や木、鳥や魚、風の音、雨音、すべてが今までとちがって私の中へ飛び込んでくる。生命あるものは常に動き移りゆく、人間も、

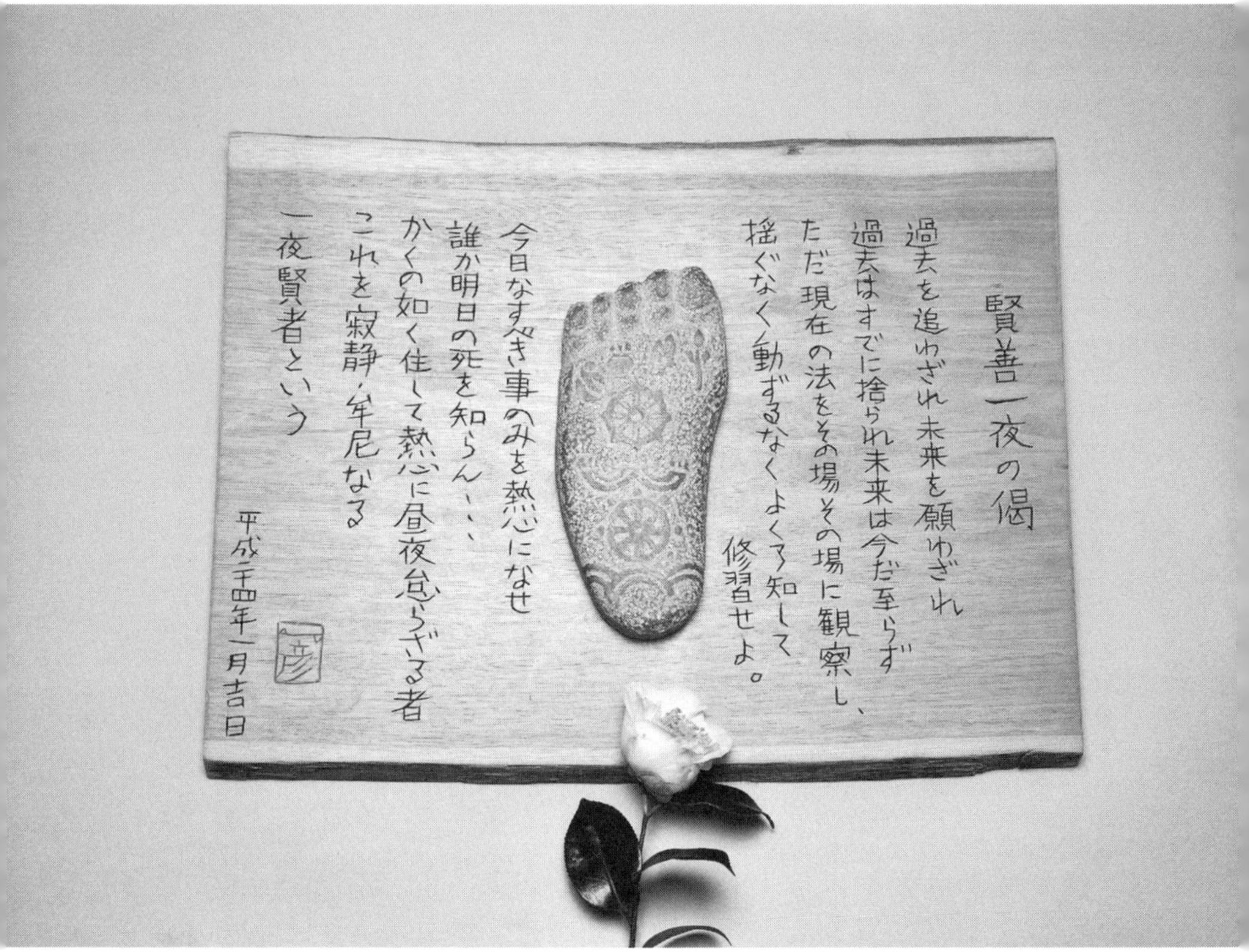
賢善一夜の偈
過去を追わざれ未来を願わざれ
過去はすでに捨られ未来は今だ至らず
ただ現在の法をその場その場に観察し、
揺ぐなく動ずるなくよく了知して
修習せよ。
今日なすべき事のみを熱心になせ
誰か明日の死を知らん、、、
かくの如く住して熱心に昼夜怠らざる者
これを寂静・牟尼なる
一夜賢者という
平成二十四年一月吉日
彦

である。死を意識することによって生の重さ、輝きを知る。命ある今が本当に大切な時なのである。そんな今の私の姿や生き方が、この言葉、教えに集約されていると思ったのだ。二五〇〇年も前に生きた釈迦、現代に生きていたら何を思うのであろう。

気持ちを集中させ一気に彫った。

平成二十四年一月吉日と最後に印し、我が家のリビングに飾るつもりである。私が今置かれている状況、子どもたちも妻も一緒に闘い、私を案じてくれている。私もこの教えのように一日一日精一杯生きる。みんなもそうあってほしい。そう願っての作品なのだ。

いつだったか、ＢＳ放送で鎌倉武士に焦点をあてて、鎌倉の自然、寺院を紹介していたのを思い出す。宗教を通し自分を見つめる。明日の我が身は分からない武士の世界。だからこそ、今を美しく生きる。庭園を作ることで自然を自分に引き寄せ一体となる。草や花、木を配することで四季の移り変わりを我が身に感じ、無常を知る。そう、武士は、戦になれば次の瞬間、我が身に死を意識して時を生きる。常に死というものが生の背中にあることで生を考えていた。鎌倉にはそんな武士の文化が残されている。そんな内容だったと思う。

私は武士でも何でもないが、何か今の自分と共通点が多いなと、記憶の中に残っている。現在の日本、平和で戦争などを考える人はいない。医療も年々進み、国民の寿命も伸びている。ほとんどの情報は、各自のパソコンやアイホン等で即座に手に入る。宗教のとらえ方を考えてみても、本質は消え去り、観光地としての寺院であり、僧侶は葬儀や法事のために働く人である。特に若い人は、こんな感覚を持っている人が大半なのではないだろうか。

しかし、実際に宗教とは人間学であって、人はどうあるべきか、何をなすべきか、一番人間として根っ子になることを考え学ぶものである。つまり、現代の日本、あまりに平和ぼけ社会になってしまい、人の死というものを身近に考えなくなってしまったのではないか。特別に死を強調するのではなく、死があるから生の重み、命の重みを考えるのである。その生の重みや命の重みの先にあるのが、平和や豊かな社会であり、豊かな国家へと繋がる。原発の事故を経験した日本の人びとは、社会や自己を見つめ直す良い時期なのではないのか？　思いはそこまで広がった。

一月二十六日（木）

六クール目の抗がん剤治療を終えた。今日は治療後二週間目の検査日である。いつもの血液検査の他にＣＴ検査がある。これまでの治療の成果を見るらしい。朝から少々落ち着かない気持ちである。

午後二時三十分、病院到着。まず血液検査を済ませた。午後の受診は午前のような混雑もなく、いたってスムーズに進み、楽である。そして次のＣＴ検査へ。洋服を脱ぎ、下着姿、検査用の上着をはおり、ＣＴのベッドへ。造影剤の点滴をする。みるみる身体が熱くなってくる。ベッドが動く。少々の間、息を止め、無事終了。ふたたび待合席で結果待ち。三十分程で名前を呼ばれ、入室。

先生は、私と挨拶を交わすと、早々にパソコンに写し出された、先程検査したばかりの画像に目をやる。私がイスに腰掛けると画像の説明を開始。画面上下に二つの画像がある。上は最初に検査を受けた時のもの、下が先程のものである。先生は上下を比較しながら現在の状況を見ているようだ。頭部から首、徐々に下へと画像を動かしながら比較している。リンパ腫はほとんど見当たらないようである。これから再度画像を細かく調べるとのこと。とりあえず私の身体の中にあったリンパ腫は、現在なりをひそめているようだ。

「西巻一彦、ぎりぎりセーフ！」

しかし、先生は、私の方に向きを変えて、以前から話していることを再度私に告げた。

先生「西巻さん、再発はありますからね」

私「再発って何年後位に起きるんですか？」

先生「一年以内かもしれません」

私「ぎょっ！」

先生は、すでに次の治療のシュミレーションしている。私の場合は、移植療法の一つである、自家造血幹細胞移植も視野に入れているという。

造血幹移植は、大量の抗がん剤を使う強力な治療法であり、合併症も起こしやすい。危険性の高い治療法であるため、患者の年齢や体力が重要らしい。私の場合は、まだこの治療に耐えられる、ぎりぎりセーフの部分にいるとのことであった。考えただけでもきつそうな治療である。白血球ゼロなんて想像もできない、完全な無防備状態。当然、無菌室での治療で、入院も長期になるらしい。まあ、「この治療がまだ可能なだけ良し」と思うことにしよう。

先生は、笑顔で私に話しかけられた。

「西巻一彦、御年五十二歳、ぎりぎりセーフ！」

そして私は、退室した。

病院のロビーには、妻と「ぎゃらりーぜん」の多賀さんが、私の帰りを待ってくれている。二人にCT画像の話をする。ともに安堵の表情。そして大とりに、再発、次の治療法の話、一瞬にして妻の表情が固まった。まあ無理もないよな。

何しろ前向きに行こう。再発を恐れながら生活していても前には進めない。もし再発しても自分にはこの先の治療の選択肢が幾つかあるのだ。そう思えば逆に力になる。人生は無常、改めてそう思う。修行僧の修業の旅、まだまだ続きそうである。

二月四日（土）

二日（木）、三日（金）と、七クール目のR－CHOP療法を行った。ようやく七回まできた。残り一回である。副作用の一つ、骨髄抑制血中濃度、白血球の減少や血小板の減少が気になる。

そんな中、テレビでは連日、十年ぶりの大寒波到来を報じている。これは、日本のみならず、世界各地、アジア、ヨーロッパなども同じ状況らしい。また、近年にないインフルエンザの大流行による死亡者も出ているらしい。

現在の私の身体の中は、通常の人とは比べものにならないほど、免疫力が低下している。高齢者や幼児と同じ身体状況である。本当に心臓に悪いニュースだ。もう少しなのだから、インフルエンザさんよ、おとなしくしていてくれないか。今、我が家の子どもたちは元気であるが、息子の高校ではすでにインフルエンザが流行していて、学年閉鎖になっているという。二月一杯が流行の山場になると思われるが、私自身も二月一杯が副作用の山場なのである。しかも十年ぶりの大流行などと聞くと、またまたバッドタイミングと感心してしまう。

「雑誌」掲載原稿を執筆

二日、検査と受診終了後に、月刊誌の原稿の締め切りが近いので、原稿、写真（作品写真）の校正打ち合わせを写真家の田村さんと行った。私は、これまで、新聞、広報誌、雑誌など、ほとんどの取材は、インタビュー形式の口答取材が主であった。今回は、原稿を書かせていただくことになった。病いのこと、治療を通して変化していく心の動き、そして身体、日々思い気付き、気付かされることなどを書かせていただいた。何せ本職は彫刻（石彫）家であり、文章は「ど」が付くほどの「素人」である。自分の今の姿を飾らずに文章表現できれば、まずは良しと勝手に決めている。また、今回は、田村さんに撮影していただいていた作品の写真や制作中の写真も数点掲載していただけるとのことで、これも楽しみである。

二月十日（金）

昨日の夕刻、私に一本の電話があった、主は、私がいつもお世話になっている画商のGさんである。Gさんは、全国の百貨店の美術画廊を中心に彫刻作品を展示・販売しているキャリアの長い画商さんで、私とは四～五年のお付き合いになると思う。Gさんとお子さんは、大の昆虫好き。私も、かぶと虫、クワガタが大好きオジサン。Gさんのお宅は都内ということもあって、私のアトリエ（秦野市）に来ると木々に囲まれた自然環境に血が騒ぐらしく、夏が近い時期などは、仕事の話そっちのけで昆虫談義となる。数年前の夏には、息子さん同伴で、かぶと虫、クワガタ捕獲作戦も決行したほどである。

そんな中、昨年発覚した私の病い。Gさんは、私の身を案じ、ちょくちょく電話をくれた。新年一月には米沢の百貨店で展覧会があり、私も数点作品を出品していた。「今年の寒波は米沢も同じで、普段の年でも雪対策をしなくてはいけないのに、今年はそれどころじゃない」などと米沢での出来事をいろいろ連絡いただいていた。

Gさんはいつものように電話口で話し始める。少しそわそわしていて、いつもと少しようすが違う気がした。

G「先生（私のこと）の声がちょっと聞きたくなって。先生と話しがしたくなったもんだから」

どうしたのだろう？　続いてGさんの口から出た言葉は、
G「先生、場所はちがうけれど、私も同じ病気になっているみたい」

えっ、一瞬、言葉も浮かばない。

G「私は切るみたい（手術）」

話を聞くと、昨年末に血尿があったとのこと。米沢での展覧会が終わり、少々時間ができたので、掛り付けの病院へ行き検査を受けた。特別具合が悪い、体調が普段と違うということは何もなかった。一応、診てもらおうという位の気持ちだったそうだ。そし

歩いて
いれば
つまづくことだって
あるさ

て検査を終え、主治医の先生との話で、「すぐに大学病院を紹介するので、そちらで詳しい検査をするように」と言われたらしい。

何が何だか分からない状況で、後日、大学病院を受診すると、その日の内に手術入院を告げられたとのこと。検査の結果、じん臓に病巣が見つかった。茫然自失のGさん。家族のこと、仕事のこと、そして私の顔が思い浮かんだに違いない。口調は、しっかりとしているが、魂が揺らいで、どう現実を受けとめて良いのか、まだ分からないといった心理状況。Gさんは、私より少し年齢は上だが、ほぼ同世代。私と同様に家族のこれからのことや、仕事のことを考えれば考えるほど、出口の見えない迷路に迷い込んだのであろう。

私はそんなGさんの気持ちを十分理解した上で話した。

「何しろ前向きに考えましょう。現実は現実として、しっかり受け止め、受け入れ、あとは、病院、先生に任せましょう。病気のことは、まだ信じることもできないし、受け入れられないでしょうが、私だって十万人に七～八人のがんに大当たりですよ。宝くじは買った人にだけ当たるけど、私は買った覚えはない。それが突然、ハーイ！　あなた、がんの大当たり、当選ですから。その上、強烈な副作用と高額医療費のおまけ付き。だから、Gさん、自分がなぜ？　なんていう考えは捨てて、前を見て、一つ一つの壁を一緒に乗り越えましょう」

私は、先輩のような話までしてしまった。突然見舞われたGさんの病い。分かるからこそ辛い、分かるからこそ苦しい、分かるからこそ強くあってほしい。そう心から思い、願った。

二月十七日（金）

昨日、秦野赤十字病院で、七回目のR-CHOP療法から二週間目の検査があった。当日は、朝から小雪の舞う寒い日で、自宅から望む丹沢の山々も頂上付近は雪を被っている。近ごろは外出をあまりしていない。なまった身体には寒さが突き刺さるような感覚さえある。車内から眺める風景も冬の色合いに満ち、山々の木々も葉を落とし、春の訪れを息をひそめて待っているように映る。

病院到着。ロビーへ入ると、人人人である。皆マスクを付け、それぞれの待合所に腰かけている。やはりインフルエンザの流行が関係しているのであろう。

私は、受診の前に血液検査がある。院内に入るとすぐに上着をぬぎ、片側のシャツの袖をまくって自分の番を待つ。もう何度目になるのか。自分で言うのもおかしいが、かなり馴れてきて、身に付いてしまっている。

三十分程で私の番号が案内表示版に映し出された。中待合室へ移動し、数分後、名前が呼ばれた。入室し、T先生の元へ。先生は血液のデータを見ながら説明を始める。やはり、抗がん剤治療を重ねていることと、以前からの不摂生が重なり、肝臓の数値が悪いという。今回は白血球の数値も今までで一番低く、一七〇〇。これまでの検査では、二二〇〇～二三〇〇程度であったので、少し低い。気を付けて生活しなくては。そして次回のR-CHOP療法、最終の八クール目の打合わせをして受診終了。

大地踏み締め、歩き出したい

病院を出ると細かな雪が風に舞っている。早々に車に乗り込み帰宅。このところ、貧血、倦怠感が以前より強くなっている。絵を描いていても、文章を書いていても、長く集中して体勢を維持していることができない。座っていること自体が辛いのである。何もできない自分に苛立つことさえある。家にいても何もできない自分、家族の役に立てない自分は辛い。せめて食事の用意くらいはと台所に立つが、すぐにへたり込んでしまう。指のしびれで、お米をとぐことさえままならない。昨夜はそんな自分の無力さに妻の前で涙してしまった。

意識や精神はこれまでと同じように働くが、身体が思うように動いてくれない。ただただ一日中、副作用と向き合いながら横になっている自分。ヨシッ！　と力をふりしぼり何かをスタートしても、すぐにダウン。後一クールとなった抗がん剤治療、強い精神を持って乗り越えなくてはと、今さらながら感じている。冬の大地や山々のように、エ

春を待つ

ネルギーを内に蓄え、寒さに耐えながら、春の訪れを迎えるころ治療が終了したなら、私は背すじをピンと伸ばし、大地をしっかりと踏み締め、一歩一歩、歩き出したい。がんばらなくては。

二月二十五日（土）

今朝は雨である。雪まじりや雪に近いような雨とは違い、最近は、春の足音が近づいている気配を感じる雨だ。

一昨日、昨日と、八クール目の最終の抗がん剤治療を無事、終えることができた。これがイコール病気との戦いの終わりではないのだが、まずは最初の治療を乗り切れたという気持ちである。今は安心と、それを支えてくれた周りの人々に感謝の気持ちで一杯である。まだ三週間程度は副作用との戦いが続くが、「ウェルカムだ、ここまできたのだ、どんなことでも乗り越えてやるぞ」と、かなり強気になれる自分がいる。

昨日は、妻に頼み治療後にアトリエに寄ってもらった。久々に作品や、石たちと会ってきた。一点一点の作品、どれも思いの詰まった作品たちである。作品を制作している当時の自身の思いが蘇ってくる。経済的には家族に迷惑を掛けっぱなしであるが、自分の仕事として彫刻を続けてきたことに、今さらながら誇りを感じる。それは、「うまい、へた」というようなレベルの問題ではなく、今の自分を石という材料に刻むこと、自分が石にとけ込んで一つの形となって表出される。これからも、その時その時の自分が石と向き合い、石と対話し刻むこと、磨くことで石が私になってくれるよう、私自身も、もっともっと磨かなくてはと思いながら、アトリエを後にした。

この一年をふり返ってみる。一年が長いのか、短いのか？　複雑な思いである。昨年の今頃は、難聴、鼻炎、そして肩のしびれが少し気になっていたころだと思う。自分の身体に何か異変が起きているのではないか？　そんな不安を抱えていたころだと思う。東京の石川幼稚園のモニュメントを秋山石材のお力を借りて設置を終え、同じく東京の萬昌院功運寺まこと幼稚園の入口に、九州長崎産の六方石を使用した、幼稚園のシンボルマークをレリーフにした車止めの制作にとりかかっていたころである。

この一年をふり返ってみるだけでも、人生とは本当におもしろい？　ちょっと今の気持ちを短く表現してみよう。

ヨイショ　ヨイショと登ったら
コロ　コロ　コロと転がって
また、ヨイショと登り出す。

こんな感じである。まあ、これまでの人生も、このくり返しではあったが、この一年は特にこんな言葉がピッタリの道のりであったように思う。

二月二十八日（火）

昨日、秦野市のアトリエ菩提樹の小泉さんより電話をいただいた。昨年五月に展覧会を企画・開催していただいた場所でもある。小泉さんは、私の体調があまり良くないことは知っていたようだが、まさか、がんであるとはと、電話口で驚いていた。「昨年に続き、今年も同時期に展覧会を開催したい。ぜひ体調がゆるせば展示してほしい」とのお話である。昨年開催した際も多くの方々にご覧いただき、とても好評で、私自身も楽しい、良い思い出ができた展示であった。そして小泉さんご夫婦の温かさ、小泉家のかわいい猫ちゃんたちと再会できる楽しみもある。

ちょうど一年前、小泉さんから展覧会のお話をいただいたころ、すでに私の肩には変調が現われ始めていた。当時、少しずつであるが左肩がしびれ始め、ハンマーを振る際に違和感を感じるようになっていた。そのしびれは徐々に強くなり、湿布薬などの手を借りながら制作していた。展覧会開催のころには、かなりひどく、小泉さんにも「五十肩で」なんて弱音を口にしていたことを思い出す。搬入の際も、妻の手伝いで何とか展示することができたほどである。

ヨイショ、ヨイショと登り出す！

あれから一年、ヨイショ、ヨイショ、ヨイショと登ったら、コロコロコロと転がって、また、ヨイショ、ヨイショと登り出す。

そう、今私は、ヨイショと登り出すスタートに立とうとしているのである。病いのこと、特に副作用や再発のことは私自身も頭の中にある。しかし、それを恐れ、内向きになっていたら、コロコロと転がったままである。

展覧会までの期間は短いと言えば短いが、逆算して、体力、気力を再度作り上げ、作品と向き合っていこうと今、自身の中で新たな血が流れ出す感じがする。

８クールの抗がん剤治療を終え、秦野赤十字病院前の私の作品とともに

昨年と違う自分、生きることの重みを味わってきた自分を、作品を通して表現したいと改めて思う。小泉さんご夫妻に感謝。

第二章

突然の激震

～急性心筋梗塞

がん治療乗り越え、石と向き合う

半年に及ぶ悪性リンパ腫に対する抗がん剤治療を乗り越え、また石と向き合う人生を送り始めた私。

アトリエ菩提樹、ぎゃらりーぜん、また、古いお付き合いのある丹沢美術館といった地元のギャラリーをはじめ、東京・青山にある始弘画廊、こちらも古くからお付き合いいただいている画廊で、オーナーの平山さんのご厚意で久しぶりの個展を開催することができた。

このように治療を終え、少しずつではあるが、肉体面、精神面が安定してきたことを実感できるようになった。しかし、その間も定期的な検査は続き、頭の中からリンパ腫という言葉が消えることはなかった。

展覧会開催のエールは、ギャラリーからだけではなかった。秦野市に店を構える、「全国そば百選」にも選ばれている「石庄庵」社長の石井さんも、長い治療を乗り越え、また作品制作を始める記念に、「店の空間を使って『復活展』？　をやろう」との話までいただいた。

自分が石を彫ることで、こんなに多くの方々が私の周りにいて、温かく支えてくれているんだと、今更ながらに実感し、胸が熱くなる。作品発表の各会場では、さまざまな出会いがあった。中でも、「石庄庵」の発表では、私の今後の人生に関わる出会いが待っていた。

十二年、干支を作り続けよう

石庄庵での個展が始まり、数日経ったある日、石井さんから電話が……。個展会場に出雲大社相模分祀の草山宮司がお見えになったとのこと。草山宮司と石井さんは長いお付き合いのようで、宮司さんから、「出雲大社に毎年干支を置いていきたい。その干支を西巻さんに制作してほしい」というのである。

私は正直考え込んでしまった。がんの告知から半年に及ぶ抗がん剤治療を受け、ようやくその治療を終え、主治医から発せられた言葉は、「必ず再発しますからね。早ければ年内」というのだから……。

せっかくのお話であったが、直接、宮司さんにお会いしてお断りすることも考えていた。

　そして約束の日。

「大鳥居の横にその年の干支を設置し、それがお参りに来られる方々の毎年一つの楽しみになってくれたら」と宮司さん。

　私は、正直に自分の病気について話すことにした。

「私の中では十二年という長期スパンの仕事は、現在は考えもつかないのです」

　すると宮司さんは、

「西巻さんの病気については、石庄庵の社長さんからお聞きしました。だからこそ、一年に一体、十二年の歳月をかけての制作を依頼したいのです。これは、私からの、いや、みんなからのエールとして受け取ってください。十二年生き続けること、十二年作り続けることを西巻さん自身の中に植え付けて欲しい」と。

「うーん……」

　思いもよらない話の流れに、しばらく考え込んでしまった。

「よしっ、みんながここまで私のことを考えてくれているのなら、この先どうなるか分からないが、このエールに応えよう！」

　私は、十二年契約の仕事の依頼を受けることにした。

出雲大社相模分祀にて、２年目となる干支を設置。草山宮司と共に

石庄庵での個展の会期中、私がリンパ腫治療でお世話になっている秦野赤十字病院のすぐ近くに、レディスクリニックを開院している平井医院長も私の作品を数点購入し、医院の敷地に設置していただいた。明るい陽の光を浴びて嬉しそうな彫刻たちを見ていると、私も幸せな気持ちでいっぱいになる。

また、平成二十七年は、三月から横浜高島屋で数年ぶりの個展を開催することができた。

母の容態急変と死

しかし、自分の制作活動が順調に進む中、重苦しい気持ちが私の中を支配し始めてもいた。同居していた母の介護度が上がったこと、父との関係、そして私のがん治療。このままいったら家族全体が倒れてしまうというケアマネージャーさんたちの判断で、平成二十五年より特養（特別養護老人ホーム）に入所している母の容態変化である。食事の量が減り、意識が薄れると同時に、ふくよかであった母の容貌がみるみるやせ細り、表情の変化が乏しくなった。特養の主治医からも、大きな病気でなければよいがと、紹介状を書いてもらい、他の病院で検査入院もした。

そして七月、夏を迎えた。この日は、特養の母の主治医がＣＴ検査の予約を入れてくれていた。大学の授業が早く終わるという息子も駆けつけ、私と二人で母に付き添うことにした。母は、目を開けて意識がしっかりしている時もあれば、眠ってしまっていることも。その繰り返しである。目を開け、私や孫が確認できると母は笑顔になり、次の瞬間また眠りに入ってしまう。ＣＴ検査を終え、母を特養に送り、私と息子は自宅へ戻った。

その途端、電話が鳴った。母の入所している特養からである。

「お母さんの血圧が低下しています。すぐに来てほしい」

特養に駆けつけると、これまで母を世話してくれていたスタッフが数名ベッドの周りに。母のこれからについて相談をする。

先ほど撮ったＣＴで何か大きな病気があった場合どうするか。もう、これだけ衰弱している母にオペは不可能。母の体力が付いていく訳もない。できる限り痛みなどを緩和して、QOL(人間らしい生活の質)を重視してあげたいと話す。これまでお世話になったみなさんと、母の終末の話をするという現実がやってきたことに涙があふれた。

近い将来、母の死を現実として見つめなければいけない時がやってきたのである。この日は偶然にも、千葉で教員をしている娘から、用事があり自宅に帰るとの連絡を受けていた。すぐに母の状態を連絡し、なるべく早く戻っておばあちゃんに会いに行こうと伝えた。

予定より早く帰ってきた娘と息子とともに、父を伴い皆で母の元へ駆けつけた。母は、相変わらず目を開けたり、眠りに入ったりの繰り返し。そんな状態の中で、目を開いた母に、孫が来ていることを話すと、目だけではなく、首も動かし孫の姿を探す。視界に入った久しぶりの孫の姿に母の笑顔が広がった。娘も息子も、おばあちゃんが気づいてくれたことが嬉しそうである。

母の容態は少し落ち着いているようなので、みんなで一度自宅へ戻ることにした。明日は、朝一番で母の主治医と今後についての話し合いを持つことになった。少し仮眠をとろうと横になると、疲れのせいか深い眠りに落ちてしまった。

夜が明けきらない時刻だった。突然の電話の音。緊張、そして現実に戻り、目覚める。この時刻、良い知らせであるわけもなく、覚悟を決めて受話器を取る。やはり母が入所している特養のスタッフからである。夜間、母の容態が急変したという。女房とすぐに母の元へ向かう。母はベッドで静かに眠っているようだ。

主治医の先生もこちらに向かっているとのこと。先生が到着。母の生死を確認、すでに母は息を引き取っていた。七月十一日早朝のことであった。

静かに波が打ち寄せ、そして、わずかばかりの砂とともに引き、生命の終わりを迎えたような自然で静かな表情である。こんなにすぐに母との別れが訪れるとは……。しかし、悲しみにひたっている時間はない。これから母を送ってあげなくてはいけない。葬儀の段取りなど、現実の問題が目の前に山積みとなる。亡き母の髪と頬をなで、手を合わせ、お別れをする。これまでの母との思い出が蘇る。今はなにしろ、母を送ることに集中しよう。そう自分に言い聞かせる。

我が家には菩提寺もなく、父母の代のお墓もまだ考えていなかった。親しい石材店の秋山社長に母の訃報を伝え、葬儀のことなどを相談する。私が考えていた通り、以前から私と女房がお世話になっていた東光院住職の山田さんにお願いしてみることに。取り急ぎ秋山社長が山田住職に事情を話してくれることになった。私は葬儀場を決め、日取りなどの打ち合わせをする。

一通り葬儀の段取りができたところで山田住職に電話を入れる。すると、「西巻君の家のことだったら、なんでもするよ」と心強い言葉をいただいた。

我が家の墓は私が制作

葬儀も無事終え、初七日法要、四十九日法要も終わった。しかし、まだまだやらなくてはいけないことがあった。そう、お墓をどうするか？　父とも相談し、葬儀でお世話になった東光院の墓所にお墓を建てることにする。そしてその墓は私が制作することに。なんだか不思議な感覚である。自分でこれから作る墓に、いつかは私も入るのである。長い歳月、石と向き合い、石を彫る仕事をしてきた私が今、母の死を迎え自ら自分の家の墓を作るのである。

墓の制作を具体的に考える。使用する石材は、私が愛する神奈川県真鶴町で産出される「本小松石」を使用することにする。この本小松石は、私が大学生のころ、初めて彫った石であり、その後、彫刻家として活動する中で多く使用してきた石で、出雲大社の干支の制作も本小松石である。この干支制作の依頼をお受けしてから、制作場所も真鶴を主とし、亀川石材のご協力、ご理解のもとに、ずうずうしくも制作場として居候させていただいている。

青い空、眼下には真鶴半島、相模湾の青い海、目の前には自然が生んだ本小松石が点在する。私にとっては最高の環境で、ここ数年制作活動ができている。亀川石材も、先代社長、そして現社長と本当に長く、密度の濃いお付き合いをさせていただいてきた。

母の墓石に使用する石材を切り出してもらうと同時に、そろそろ来年の干支の制作の準備に入る季節が近づいてきた。出雲大社の干支も「馬」からスタートし、「羊」、そして来年「申」と三体目となった。

真鶴の制作現場への山道で胸の痛み

抗がん剤治療を終え、干支制作を亀川石材で始めたころ、作業場までの道のりは、かなりの試練であった。小田急線に乗り小田原駅へ、そこからJRで真鶴駅、さらに徒歩で本小松石砕石場のある山まで息を切らし、ゼーゼーハアーハアーの山登りである。しかし、何度も山に通う内に体力も戻り、今では作業場までの道のりに心地良さを感じるまでに回復した。無事に平成二十七年の年末に、来年の干支の申を出雲大社に納めることができた。

翌、平成二十八年も一月から母のお墓の制作に再び取りかかる。一月のある日、いつものように真鶴駅に到着、売店で飲み物を購入し、作業場のある山へ向かう坂道を登り切り、山道へ入った。すると胸、みぞおちのあたりに締め付けられるような痛みが数分間続いた。呼吸を整えているうちに、その痛みも薄れた。

翌日もやはり山登りを始めたころに重い痛みを感じた。この季節の寒さと、以前、骨折した鎖骨が肋間神経痛のような痛みとなって現われているのであろう。その時はそう思っていた。

お墓制作　完成間際で痛恨の心筋梗塞を発症して入院。退院後、無事完成

二月に入り、やはり痛みは消えずに続いていた。そんな中、女房は、自分の仕事が休みの時は、ほとんど私の制作に同行して、貴重な時間を共有してくれた。しかし、悪性リンパ腫の治療後四年の検査も直近に迫っている。今回は血液検査のほかに、造影剤CT検査もオーダーに入っている。何かしらの異常があれば指摘されるだろう。そして検査の結果、無事四年経過、今回も何とか執行猶予をいただけた。

少々身も心も軽くなり、制作に集中できるようになったのだが、胸が圧迫されるような痛みは、朝、午前中の限られた時間ではあるが、いまだに続いている。何か、リンパ腫の時と同じように、私の身に今まで経験したことのない重い何かが起こっている、という感情が芽生え始めた。一向におさまらない痛み、時には脂汗が出るほどの痛み。精神的にもかなりしんどい状態になったある日、女房からこんな話が……。

「今日、テレビの健康番組を見ていたら、パパと同じ症状の病気がテーマだった……」

これまで私は、古傷や寒さによる肋間神経痛ではないかと軽く考えていたが、果たしてそうだったのか？

「今日の番組では、心臓疾患の一つでもある「狭心症」の痛みや発作の出方が、パパの症状に余りにも似ている……」

心臓疾患の一つ「狭心症」。私も、単なる肋間神経痛ではないなと思い始めていたが、女房の話を聞き、「狭心症」という病気の検査をすることを決意した。心臓疾患といえば、以前、女房の父が胸に痛みを感じ、早期に病院で診てもらって、命を取りとめたことがあった。その時の大和市にあるS病院が頭に浮かんだ。

早速、S病院に連絡を入れた。しかし、S病院では、救急での受付以外は、直接受け入れはできない決まり。同系列のSクリニックにまず受診して、これまでの症状などを話してもらい、その後、検査・治療が必要であればS病院で診るというシステムであるらしい。

検査そく緊急入院の目まぐるしさ

四月四日、Sクリニックに女房とともに受診。受付で簡単な問診票に記入し、待合室で腰かけて待った。十数分後、私の番がきた。ノックして入室。私の担当の医師に挨拶をする。きりっとした表情の女医さんである。さっそくいろいろな質問を受け、答える。どうやら心臓疾患が関係していることは間違いないようで、さっそく、四月七日にS病院で、さまざまな検査をしてもらうことになった。女医のK先生は、Sクリニックと大和のS病院を掛け持ちで診ているようで、スムーズに検査日が決まりホッとした。

四月七日、この日も女房に付き添ってもらい、S病院へ。血液検査、造影剤CT検査のオーダーもあった。この病院のCT検査は最新のもので、画像が立体となり、解析度も九十パーセント以上という優れもの。

検査を一通り済ませると、次回の受診時に検査結果を聞くことになった。しかし、今の私にはそんな悠長な時間はない。毎日起こる胸の痛み、これ以上ようすを見ていたら取り返しがつかない状況になる予感がしている。病院の関係者にそのことを伝えた。すると、そのことをK先生に伝えてもらったようで、「検査結果が出るのに一時間ほどかかります。K先生に西巻さんのことをお伝えしたら、診ていただけるとのことです。待ち時間が長くなりますが、お待ちください」と。ありがたい、感謝。

一時間少々待っただろうか。私の名前が呼ばれた。ノックして診察室に入り、K先生に挨拶。私は、体調の心配もあり、次回まで検査結果が出るのを待つことができない旨話した。

先生は、私の血液データとCT画像に目を通している。私の顔を見ると少し強張った面持ちで、「今日は、ご家族のどなたか付き添われていますか？」と。なんだか雲行きが怪しくなってきた。

私「はい、女房と来ています」

先生「じゃ、呼んでいただいて、一緒に話を聞いてもらいましょう」

待合室にいる女房に診察室に入るよう促した。入室すると、先ほど撮ったCT画像が目の前にあり、K医師の説明が始まった。こんなに立体的なCT画像は初めて見る。先生の説明では、心臓の右冠動脈が中間あたりから狭まっていて、血流に障害がある。早い時期に検査・治療をする必要があるとのことで、日程調整に入った。私は、「今日は家に帰り、明日、入院では？」と話すと、事務の方にベッドの空き状況を確認。明日はベッドの空きがないとの答え。

K先生は、「今日、今は、空きはないの？　何とか空けてもらえない？」と強い口調で担当の看護師さんに話しかけている。それほど私の状況は緊急を要するのであろうか。先生の強い押しで何とかベッドが確保できたようだ。検査から緊急入院と目まぐるしい時間が流れた。

すぐに病室に案内される。今日は、CT検査があったので朝食抜きで何も口に入れてない。看護師さんにそのことを話し、女房と昼食を摂ってきても良いかと聞いた。すると、「昼食は病院食でもう準備している。入院着に着替えて休んでいてほしい」と。女房はあまりに急な展開に戸惑っている。一人で病院の外に昼食を摂りに行った。

病院着に着替え、ベッドに横になる。一時間もしないうちにK先生が私の元へ。カテーテル検査と治療の予定なのだが、明日・明後日は予定が詰まっている。私さえ良ければ、本日これから行いたいと。

「奥様は？」

「昼食に出ました」

「帰られたらすぐに連絡してください」

私自身も目が回るほどに、あれよあれよと事態が急転していく。しばらくすると女房が戻った。留守中の事情を話し、看護師さんに女房が帰ってきたことを伝えた。

しばらくするとK先生が再び私たちの元へ。これから別室で行うカテーテル検査及び治療の説明が始まった。朝撮ったCT画像をもとに、模型を使い、分かりやすい説明。手首動脈に部分麻酔をし、動脈の中にカテーテルを通す。心臓に到着したら冠動脈の狭くなっている場所をバルーンで広げ、ステントという金属の管で固定し、血流がスムーズになるよう処置する。という説明の後、これからの治療について、承諾書にサインをした。

カテーテル検査と下された病名・狭心症

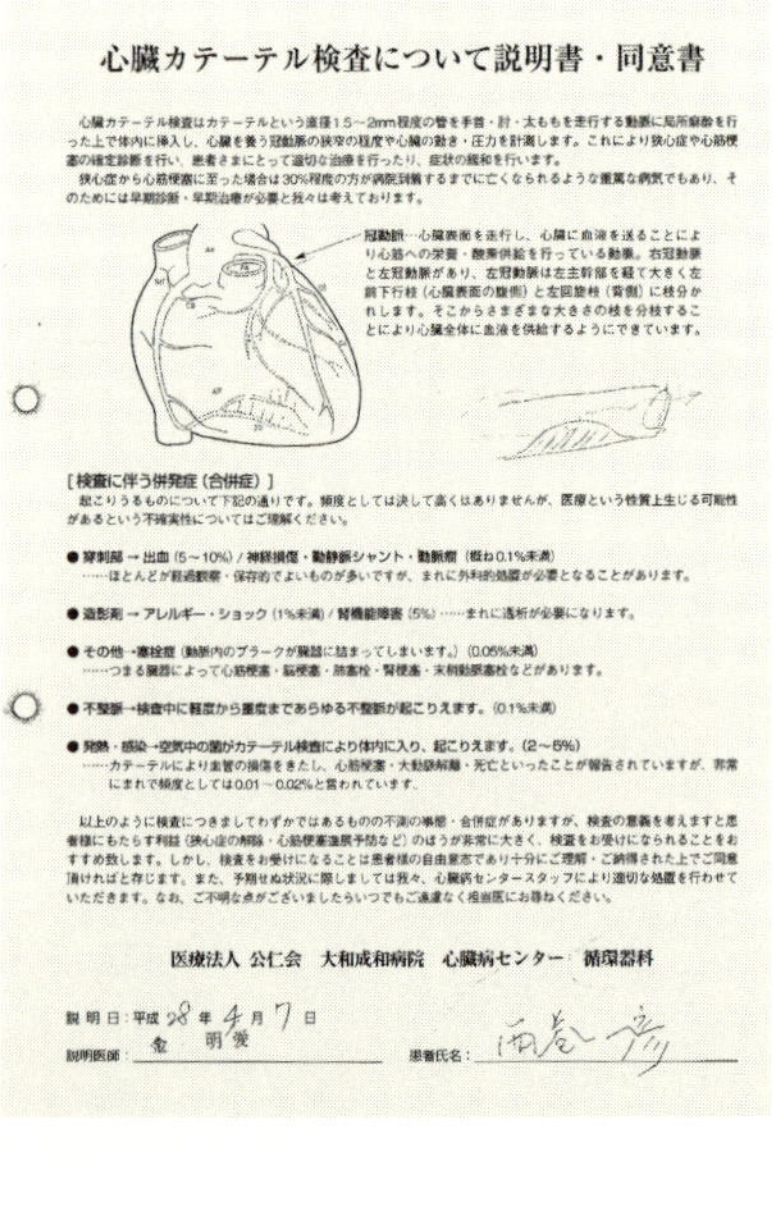

心臓カテーテル検査について説明書・同意書

心臓カテーテル検査はカテーテルという直径1.5～2mm程度の管を手首・肘・太ももを走行する動脈に局所麻酔を行った上で体内に挿入し、心臓を養う冠動脈の狭窄の程度や心臓の動き・圧力を計測します。これにより狭心症や心筋梗塞の確定診断を行い、患者さまにとって適切な治療を行ったり、症状の緩和を行います。

狭心症から心筋梗塞に至った場合は30%程度の方が病院到着するまでに亡くなられるような重篤な病気でもあり、そのためには早期診断・早期治療が必要と我々は考えております。

冠動脈…心臓表面を走行し、心臓に血液を送ることにより心筋への栄養・酸素供給を行っている動脈。右冠動脈と左冠動脈があり、左冠動脈は左主幹部を経て大きく左前下行枝（心臓表面の腹側）と左回旋枝（背側）に枝分かれします。そこからさまざまな大きさの枝を分枝することにより心臓全体に血液を供給するようにできています。

［検査に伴う併発症（合併症）］

起こりうるものについて下記の通りです。頻度としては決して高くはありませんが、医療という性質上生じる可能性があるという不確実性についてはご理解ください。

● 穿刺部 → 出血（5～10%）／神経損傷・動静脈シャント・動脈瘤（概ね0.1%未満）
……ほとんどが経過観察・保存的でよいものが多いですが、まれに外科的処置が必要となることがあります。

● 造影剤 → アレルギー・ショック（1%未満）／腎機能障害（5%）……まれに透析が必要になります。

● その他→塞栓症（動脈内のプラークが臓器に詰まってしまいます。）（0.05%未満）
……つまる臓器によって心筋梗塞・脳梗塞・肺塞栓・腎梗塞・末梢動脈塞栓などがあります。

● 不整脈→検査中に軽症から重症まであらゆる不整脈が起こりえます。（0.1%未満）

● 発熱・感染→空気中の菌がカテーテル検査により体内に入り、起こりえます。（2～5%）
……カテーテルにより血管の損傷をきたし、心筋梗塞・大動脈解離・死亡といったことが報告されていますが、非常にまれで頻度としては0.01～0.02%と言われています。

以上のように検査につきましてわずかではあるものの不測の事態・合併症がありますが、検査の意義を考えますと患者様にもたらす利益（狭心症の解除・心筋梗塞進展予防など）のほうが非常に大きく、検査をお受けになられることをおすすめ致します。しかし、検査をお受けになることは患者様の自由意志であり十分にご理解・ご納得された上でご同意頂ければと存じます。また、予期せぬ状況に際しましては我々、心臓病センタースタッフにより適切な処置を行わせていただきます。なお、ご不明な点がございましたらいつでもご遠慮なく担当医にお尋ねください。

医療法人 公仁会　大和成和病院　心臓病センター　循環器科

説明日：平成28年4月7日

説明医師：金　明俊

患者氏名：

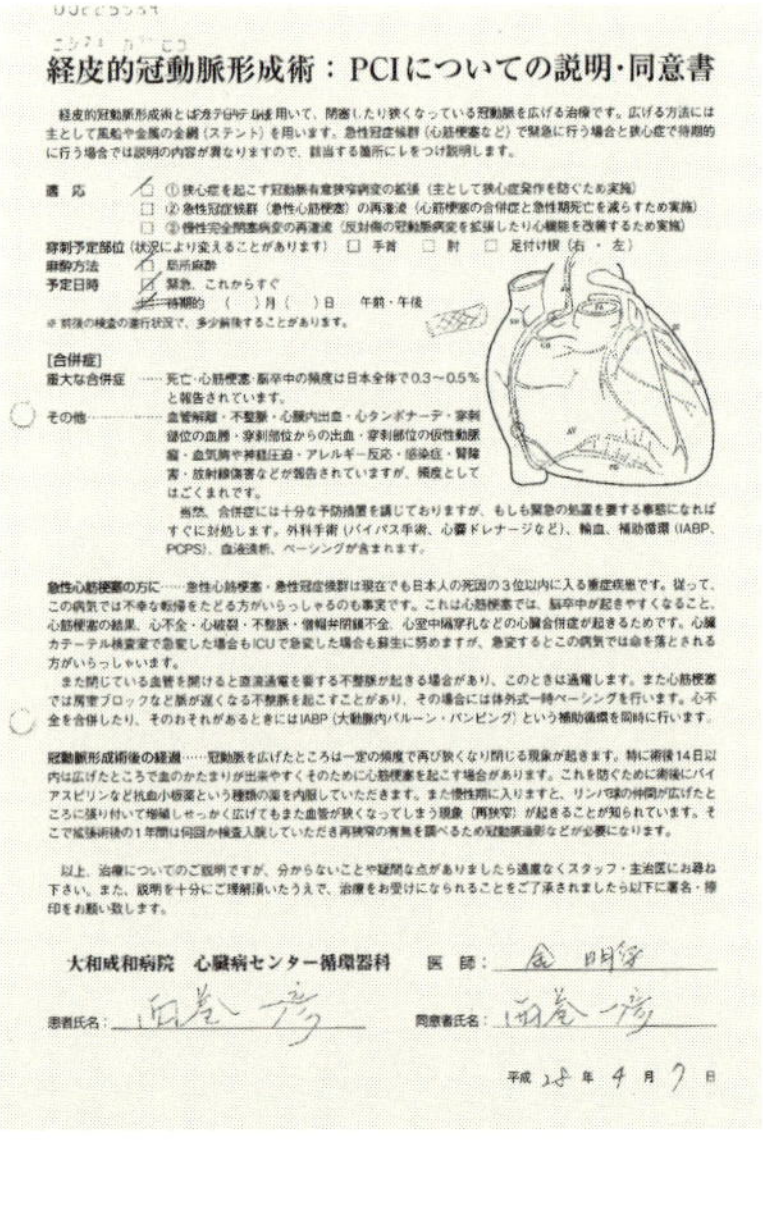

経皮的冠動脈形成術：PCIについての説明・同意書

経皮的冠動脈形成術とはカテーテルを用いて、閉塞したり狭くなっている冠動脈を広げる治療です。広げる方法には主として風船や金属の金網（ステント）を用います。急性冠症候群（心筋梗塞など）で緊急に行う場合と狭心症で待期的に行う場合では説明の内容が異なりますので、該当する箇所にレをつけ説明します。

適応　☑ ① 狭心症を起こす冠動脈有意狭窄病変の拡張（主として狭心症発作を防ぐため実施）
☐ ② 急性冠症候群（急性心筋梗塞）の再灌流（心筋梗塞の合併症と急性期死亡を減らすため実施）
☐ ③ 慢性完全閉塞病変の再灌流（反対側の冠動脈病変を拡張したり心機能を改善するため実施）

穿刺予定部位（状況により変えることがあります）　☐ 手首　☐ 肘　☐ 足付け根（右・左）

麻酔方法　☑ 局所麻酔

予定日時　☑ 緊急、これからすぐ
☐ 待期的　（　）月（　）日　午前・午後

※ 前後の検査の進行状況で、多少前後することがあります。

［合併症］

重大な合併症……死亡・心筋梗塞・脳卒中の頻度は日本全体で0.3～0.5%と報告されています。

その他……血管解離・不整脈・心臓内出血・心タンポナーデ・穿刺部位の血腫・穿刺部位からの出血・穿刺部位の仮性動脈瘤・血気胸や神経圧迫・アレルギー反応・感染症・腎障害・放射線障害などが報告されていますが、頻度としてはごくまれです。

当然、合併症には十分な予防措置を講じておりますが、もしも緊急の処置を要する事態になればすぐに対処します。外科手術（バイパス手術、心嚢ドレナージなど）、輸血、補助循環（IABP、PCPS）、血液透析、ペーシングが含まれます。

急性心筋梗塞の方に……急性心筋梗塞・急性冠症候群は現在でも日本人の死因の3位以内に入る重症疾患です。従って、この病気では不幸な転帰をたどる方がいらっしゃるのも事実です。これは心筋梗塞では、脳卒中が起きやすくなること、心筋梗塞の結果、心不全・心破裂・不整脈・僧帽弁閉鎖不全、心室中隔穿孔などの心臓合併症が起きるためです。心臓カテーテル検査室で急変した場合もICUで急変した場合も蘇生に努めますが、急変するとこの病気では命を落とされる方がいらっしゃいます。

また閉じている血管を開けると直流通電を要する不整脈が起きる場合があり、このときは通電します。また心筋梗塞では房室ブロックなど脈が遅くなる不整脈を起こすことがあり、その場合には体外式一時ペーシングを行います。心不全を合併したり、そのおそれがあるときにはIABP（大動脈内バルーン・パンピング）という補助循環を同時に行います。

冠動脈形成術後の経過……冠動脈を広げたところは一定の頻度で再び狭くなり閉じる現象が起きます。特に術後14日以内は広げたところで血のかたまりが出来やすくそのために心筋梗塞を起こす場合があります。これを防ぐために術後にバイアスピリンなど抗血小板薬という種類の薬を内服していただきます。また慢性期に入りますと、リンパ球の仲間が広げたところに張り付いて増殖しせっかく広げてもまた血管が狭くなってしまう現象（再狭窄）が起きることが知られています。そこで拡張術後の1年間は何回か検査入院していただき再狭窄の有無を調べるため冠動脈造影などが必要になります。

以上、治療についてのご説明ですが、分からないことや疑問な点がありましたら遠慮なくスタッフ・主治医にお尋ね下さい。また、説明を十分にご理解頂いたうえで、治療をお受けになられることをご了承されましたら以下に署名・捺印をお願い致します。

大和成和病院　心臓病センター循環器科　医師：金　明俊

患者氏名：

同意者氏名：

平成28年4月7日

しばらくすると、車椅子のお迎え。車椅子に乗りカテーテル室へ。ベッドに横たわる。右手を動かないように固定し、麻酔の注射を打つ。チクッとする程度。私の右横にいる医師が、管のようなもの（カテーテル）を体内に延ばしていく仕草がぼんやりと映った。かなりおおぜいのスタッフが見守っているようだ。私の前にはさまざまな画像が映し出されているようなのだが、頭を上げて見ることもできないまま、検査が進んで行った。数分後、担当医から、「ここまで順調にきていますよ」と声が掛かった。次に、「はい、心臓までカテーテルが到着しました。これから造影剤を入れますよ」。

……

突然、「これからスタッフ全員で協議したいので、しばらくの時間お待ちください」と。

「ええっ、何があったのだろう」不安が募る。

数分後、先生が私の元へ戻って来た。

「西巻さん、画像を映しますので見てください」

私が見やすいように画面の角度を調整してくれた。

「はい、これが、カテーテルが心臓に到着した時の西巻さんの心臓です。ここに造影剤が入ります。すると冠動脈の血流がよく見えますので、見ていてください。造影剤が入っていると血液が黒く映し出されて、血液の流れがよく見えます。右の冠動脈が狭くなっていると思われましたが、動脈硬化もなく、狭くなっているようすもないので、これで終了してカテーテルを抜きます」

この間二十数分。カテーテル室から出ると女房と息子が待合室の椅子に腰掛け、きょとんとして私を見ている。二十分ほどで私が出てきたのだから当然といえば当然であるが……。別室に移動し、これまでの経緯についてK先生から説明があった。

「CT画像を見る限り右の冠動脈はかなり狭くなっている状態であった。ところが、先ほどのカテーテル検査によれば、そのような部分はなかった。以上のことから考えられることは、CTの解析度はかなり高いが百パーセントではないので、何かしらの影響で冠動脈が狭く写ってしまった。しかし、西巻さんの場合は、胸を圧迫する発作が続いていたということを考えると、狭窄性の狭心症、いわゆる冠動脈けいれんが起きると血管が狭まる。朝のCT検査の時はこの現象が起きていたが、数時間後のカテーテル検査の時にはけいれんも治まり、元の状態で、血流もスムーズにあった。これが一番考えられる症状である」と。


厄介な病気である。ようすを見るしかないというのが気持ちを重くする。

翌日、翌々日と入院し、心電図で心臓の動きを観察してみるが、発作はその後一度も起きなかった。「血圧を抑え、心臓に負担をかけない薬を飲んでみてください」とのことであるが、いつ発作が起きるか分からない状況での日常生活は不安だらけである。

四月七日に緊急入院し、九日の退院であった。先生が処方した薬を飲み、次回の受診は五月十七日という流れになった。

動脈硬化で冠動脈が狭くなっていれば、バルーン、ステントでの治療という流れで、ある程度安心して生活が送れるのであろうが、けいれんによる狭心症はいつ発作に襲われるか不安だらけである。実際、退院後、数日経ったころから、朝、午前中にかけて胸の発作が再び起こり始めたのである。

真鶴での制作も、発作に襲われるのが怖いので、遠回りではあるが急坂を避けて作業場へ通った。それでも作業場の近くに来るころには痛み始めることが常になっていた。

狭心症の激震、生死の淵から生還

これまで数か月の間に起きた発作が地震の余震であれば、五月九日の朝に襲われた発作は、まさに本震であった。五月九日から十二日ぐらいの私の記憶は今でも一切ない。この間に起きたこと、経緯は、家族と、私の命を救っていただいた、東海大学付属病院救急救命センターの医師チームの一人の医師に書いていただいたメモによるものが中心である。

けいれん性狭心症の発症

五月九日、午前六時ころ、私は胸の痛みを自覚したとの家族の証言。一時間後の七時、居間で座っていた時に私は突然倒れた。

家族の呼びかけに反応はなく、救急要請。女房の悲鳴に近い声に、二階の自室にいた息子が、一階で倒れている私のところに駆け寄り、すぐさま心臓マッサージを行った。息子は昨年、大学の課外授業で応急・救急の講義を受けていた。息子の体は自然に動き、救急車が到着するまでの間、心臓マッサージをしてくれた。どんな思いで息子は、私の胸を押し続けていたのか？　今思うと、胸が熱くなる。

その時、私は不規則な、しゃくるような動きをしていた。後に、看護に詳しい人に聞いたところ、このしゃくるような動きは「死線期呼吸」というもので、これは呼吸ではなく、心臓マッサージを続けたことが良い結果をもたらしたようだ。そして救急隊到着後、ＡＥＤで心臓へ電気ショックを二度行ったが、二度ともに反応なしの状態であった。東海大学付属病院救急救命センター到着七時二十六分。到着時は心肺停止であった。心電図では心室細動であった。後に、この時のことを医師にお聞きした。

東海大学付属病院救急救命センターの処置

まず、けいれん性狭心症が起こる。徐々に冠動脈の血流が悪化し、心臓の下の部分の三分の一ほどの壊死が始まる。いわゆる急性心筋梗塞の状態へと悪化。そして心臓の脈が不整脈の一つ、心室細動を起こす。心室細動は心臓の動き、ポンプの役目はせずに、けいれんを起こしている状態で、早急に対応しないと死に直結する、一分一秒を争う状態。心肺停止であったため、人工心肺装置・人工呼吸器・大動脈に風船を挿入し、そのまま冠動脈造影を行った。結果は、右の冠動脈に二か所狭くなっている部分を認めた。心臓の下の壁の運動は落ちていた。

以上の処置が終了し、ＩＣＵへ入室したところ、徐々に血圧が低下してきたため、再び輸液と輸血をした。その時のエコーでは全体的に心臓の動きは落ち着いていた。輸液量を増やしたところ、心臓の動きは改善してきた。

五月十一日、人工心肺装置を一時的に止めたところ、心臓の機能は保たれたため、同日、人工心肺装置を抜去した。

五月十二日、大動脈に入れていた風船を一時的に止めたが心臓の機能は良好であり、抜去した。

五月十六日、体に酸素が行き渡るようになったため、人工呼吸器を抜管した。一時間後も問題なかったため良好と判断した。

五月十七日、血圧のコントロールも落ち着いてきたため、首に入っていた管を抜去した。口から食事が摂れそうであったため、鼻から胃に入っていた管を抜去した。

以上が、私が倒れた五月九日から五月十七日までの状況説明である。

死の淵からせん妄状態へ

では、私自身はどうであったのか？　たぶん私が外界を認識、ぼんやりではあるが周囲を確認できたのは五月十二日か十三日のことだったと思う。麻酔の影響もあるだろうが、日中であるのか夜であるのかも分からない。初めて目に映ったのは電動ベッドのスイッチ、そして手をかける穴が目に入った。しかも、それがバリ島あたりのお面に見え不思議な感覚を覚えた。お面の向こうに娘や息子、そして女房の顔がボンヤリ浮かぶ。きっとみんなで旅行に来ているんだ、と錯覚する。その後、ＩＣＵの天井から泡のようなものがブクブク溢れ出す。よく見るとカエルの卵のように見える。これがだんだんオタマジャクシになるではないか？　驚いている自分と、こんな面白い演出をどこの会社が考えたんだろうか？　などと考えているもう一人の自分もいる。

翌日、昨日よりも意識がしっかりとし、視点もはっきりしてきたように感じる。院内に貼ってあったり、置いてあるチラシやポスターのようなものが目に入る。色彩のあるものは、以前の記憶からなのだろうか？　美術展のポスターに見えてくる。女房に確認するように話すが、首をかしげて返答がない。徐々にいらいらが募り、興奮することさえあった。その翌日、少し頭を上げることができるようになった。昨日、気になっていたチラシを少し近づいて見ることができた。やはり美術展とは程遠い、病院の事務機器などの操作案内説明書であった。

五十六年間のパラパラ画像

このころ、自分の中では意識がかなり戻ってきたように思っていたが、実際は、せん妄状態がかなり強く出ていたようである。朝目覚め、外を見ると、病院の外壁に朝陽が当たってコンクリートの少しの凸凹に陽が当たる部分、そして影が、徐々にさまざまなものに見えてくる。七福神やお地蔵さま、見れば見るほどリアルになる。

また、このころ、目をつむると、これまで生きてきた五十六年間のあらゆる時代の画像がトランプのカードをめくるようにパラパラと映し出される。それは、コマーシャルの一コマであったり、映画のワンシーン、家族写真、ニュース、スポーツ等。ありとあらゆるものが現われる。目をつむると疲れてしまうような状況が続いた。

その時も今も、こう考えていた。一度心肺停止になった時、心臓も脳も一度電源が切れた状態になったのでは？　そして心臓や脳が再度働きだした時、これまでの五十六年間の情報・データを再度脳に入力しているような感覚を強く感じたのである。ものすごい情報量を数日で再び脳に入れるのだから、私自身ふらふらで目が回ってしまうのも当然であった。まあ、これは入院中に私が感じたことであり、実際にその当時、脳がどのような状態であったかは定かではないのだが。

目をつむるのが怖くて、丸二日間、寝ていない記憶があるのだ。

不安に押しつぶされる自分

徐々に点滴の数も減り、身軽になってきた五月十八日ころからだと思う。口からの食事に切り替わった。身体を起こすと、まだ目まいでクラクラする。トイレはポータブルを用意してもらい、看護師さんの力を借りて用を足すために、ベッドから起き、足を床につける。しかし、立つのが精いっぱいで、ポータブルトイレに向きを変えて座ることさえ大仕事であった。

そんな中、私のベッドに食事が運ばれてきた。点滴でこれまで生かされてきた私。息を吸っても吐いても、薬品の匂いに体全体が包まれている。そんな状態で急に目の前に食事が運ばれてきても全く食欲がわいてこない。それでも食べなくてはと思う。

女房も来てくれている。スプーンを持ち、おかゆに手を伸ばす。口にスプーンを近づける。何？　何？　口がどこにあるのか分からない……。スプーンは顎に当たり、鼻に当たる。女房の手助けで、何とか二口、三口とおかゆを口に入れるが、すぐにギブアップ。もう何も入らない。女房に、「お茶なら飲めるんじゃない？」と勧められ、手をのばしカップを持つが、またまたカップは口から外れたところに当たる。自分の身体に起きている現実に今更ながら驚愕する。

心肺停止から東海大学病院救命救急循環器内科他のスタッフのみなさん、そして目の前で呼吸の停止した父親に対し、あきらめずに心臓マッサージを続けてくれた我が息子。

生死をさまよい、死線を越えて生の道を歩むことになった今の私。意識が戻った当初は、頑張って生きなくてはと思う気持ちが強かったのだが、現実の自分は、せん妄の中で現実にないものを見ている、幻覚、妄想の世界に今、私はいる。身体を起こすだけで目まいが生じ、一人で立つことさえままならない。食事をするにしても、距離感を失った手では口に食事を運ぶことさえできない。もどかしさ、むなしさが募り、自然と涙が込み上げてくる。

五十六年間生きてきた自分。今回、多くの方の力によって生きることを選択することができた。にもかかわらず、現実の自分はこんな状態である。あとどれくらいの時間を重ねたら以前のような自分に戻ることができるのだろうか？　不安に押しつぶされている自分がここにあった。

そして、以前の自分に戻ったとしても、この病気だけではなく、リンパ腫という病気とも再び向き合わなくてはならない。苦しい。それが正直な気持であった。この時期は私自身、正直、ここで人生の幕を下ろしても良いと思うことも……。苦しい。生きることがこんなに苦しいなんて……。

ドクターの一言「西巻さん、すごいことなんですよ！」

そんな苦しみもがいている中で、回診に来てくれたドクターに私は泣きついてしまっ

嵐にも
負けない
根っ子を
張ろう

た。そして、「倒れてからこれまでの私への治療について教えてほしい」と尋ねた。ドクターは「文章にして書いてきます。少し時間をください」と、私にしっかりと向き合ってくれた。そしてドクターとの次のようなやり取りができた。

「私たちは、西巻さんに生きてもらう、いや西巻さんは生きなくてはいけない、という決意でこれまで全力で治療に当たってきました。そして、息子さんの力もあって西巻さんは、今こうして話ができるところまできました」

「先生は、これまで私のような状態の患者さんをどれくらい診てこられましたか？」

私の問いに、

「私は、循環器内科だけではなく、内科全般を診てきましたから、それほど多くの症例はありませんが、西巻さんを含めて四人の患者さんを診ました。そのうちお二人はお亡くなりになりました。お一人は、命はとりとめましたが脳死状態で、残念ながらその後、この方もお亡くなりになりました。そしてもう一人は、今こうして私と話している西巻さんです。生きていることはもちろんですが、自分の意志を相手に伝えている。そういう意思を持ち、生きることについて考えている西巻さん。これってすごいことなんですよ」とドクターは答えてくれた。

強い意志を湛えて、私の目をじっと見つめながら話すドクターの一言一言に、私の心は奮い立たされた。目の前のドクター、東海大学病院の医療チーム、愛する息子、家族

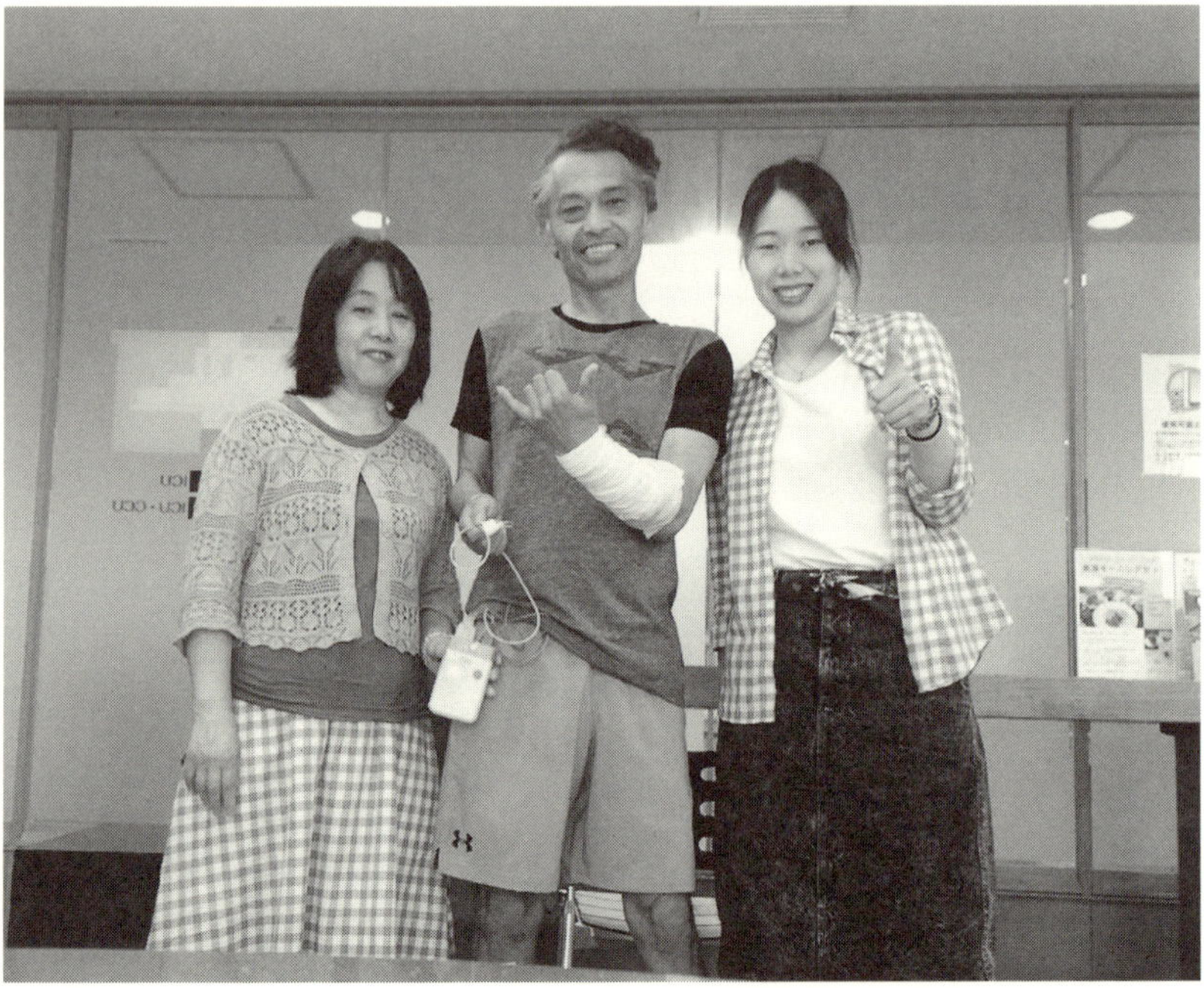

に対して、今の自分はどのように映っているだろうか？　前向きに生きることが自分の使命であることを改めて感じ、誓ったドクターとの対話であった。それ以後は、とても私の心は落ち着き、幻覚などのせん妄も徐々になくなってきた。

　これまで一人で立つこともできなかった状態から、歩行器につかまりながらではあるが歩くこともできるようにもなった。人間、生きるために前を向くことで、こんなにも早く、心も体も元気になっていくものなんだと実感した。

　後日、ドクターは、五月九日の救急搬送から現在までの経緯を文章にして私のもとへ届けてくれた。目を通すと目頭が熱くなった。

私が今生きているのは、まさしく「キ・セ・キ　奇跡」であることを改めて認識した。みんなのこれまでの努力に対して涙がほほを伝った。この涙は悲しみの涙ではなく、「絶対に生きてもらう、死なせない」という、これまで戦ってくれた医療チーム、そして家族、みんなに対しての感謝の涙であった。

五月十九日、一般病棟へ移動

一般病棟は、これまでのような切迫した空気を感じることはない。これから手術へ向かう人、治療を終え社会復帰へと歩む人、それぞれが前向きに自分を見つめているようすがあふれている。これまでのＩＣＵやＨＣＵは、生死のはざまで患者と医師が常に気をはって休まる時間のない空間である。そこで私は日々を送ってきた。

特に夜になると、ナースコールが鳴りっぱなしであった。ほとんどが、点滴などで管を抜かないように拘束されていることへの抵抗や、高齢の患者さんの認知障害による訴えである。こうなると、一人の患者さんに何人もの看護師が振り回されてしまい、気の休まるいとまもない状況である。看護という病院での仕事であるにもかかわらず、介護の分野で身も心もすり減らす現場にいる看護師のみなさん。医療技術の発展で多くの方が生命の糸をつなぎとめることができるようになった現代。今こうして命ある私もその一人である。

　逆の見方をすれば、死ねない現実がある。医師は目の前の患者さんの命を救うことに全力で当たっている。それは、医師として当然の仕事であり、使命でもある。しかし、高齢化する現代社会、一命はとりとめても、自宅で家族が看護や介護できない状態の患者さんも多数いる。医療技術の進歩でこれからも増えていくであろう。病院での治療や看護という基本的な仕事が、介護という領域まで、これほど入っているという現実を今回の入院で目の当たりにすることができた。豊かな人生、幸福な人生とは何なのか？と改めて考える必要性をこれまで以上に感じてしまう。

　今、こうしてこのような内容の文章を書いていることに対し、女房や子どもたちは、どうして生死をさまよう状況の中で、そんなことを考

東海大学医学部付属病院を無事に退院。笑顔？ で撮影。実はフラフラでした

えられるか首をかしげている（笑）。

新たな自分を紡ぐ

悪性リンパ腫の告知から抗がん剤での半年に及ぶ治療で感じたこと、副作用による身体のダメージ、これは体に限ったことではなく、精神的なダメージで押しつぶされそうになったことも何度かあった。治療が終わり、そんな身体と心の傷ついた自分をもう一度一つひとつ紡ぐ姿があった。そして今回の急性心筋梗塞は、嵐のように突如私を襲い、身も心もボロボロに引き裂いていった。

いま、こうして一命をとりとめ、退院し、傷ついた身体と心の糸を一つ一つより直し、新たな自分を紡ぐ私がここにいる。

今こうして文章をつづれるのも、息子がいるからこそ。リハビリを兼ねて、また一緒に遊ぼう！

あとがき

退院してからもう少しで一か月。入院中に、私が見たり、経験したことが現実だったのか？　妄想であったのか？　未だに覚束ない。どうしても入院していた時に体験したことの真実が知りたくて、その後、通院するたびに、女房と病院内などで、もう一度お互いの記憶をたどる作業を行っている。

入院病棟の外に大学の講堂が窓越しに見え、その中に大きな御神輿が二基安置され、その両側には、巨大な和太鼓が置かれている。入院中のある夜、何かのお祭りなのか、その和太鼓の音が夜中まで響いていた。通院時にさっそく女房と院内をウロチョロと現場検証？　してみた。しかし、講堂はあっても、御神輿や巨大な和太鼓などは、どこにも置くスペースがないのだ。ネットで調べてみても、御神輿や和太鼓はヒットしない。ということは、これらはすべて妄想や幻覚だったのか。

退院し、もうすぐ一か月になろうとしているのに、私の脳に未だに鮮明に残る黒塗りの巨大なお御輿二基とこれまた巨大な和太鼓。これはいったい何だったのだろう。そして夜半まで鳴り響いていた和太鼓の旋律は？　現実の世界と、入院していた過去の記憶の糸を撚り直し、紡ぐ作業はまだまだ続きそうである。

五十一歳で経験した血液がん・悪性リンパ腫との闘病、そして五十六歳で再び私を襲った急性心筋梗塞。どちらも生命にかかわる大きな病いである。しかし、今こうして私は生き、生かされ、記憶の糸を辿って文章にしている。どんなにつらい思いの時も私は周りの温かな人びと、温かな心に囲まれ、乗り越えてきた。

人の命はどこで終わりを告げるか、誰にも分からない。しかし、大病を重ねる中で、自分らしい一日を重ねていきたいと強く感じるようになった。

私は、この文章の中に登場してくる心温かな仲間たち、いつも支えてくれた家族、そして、度重なる大病を通して感じたさまざまなことを一冊の本として残そうと決めた。拙い文章、いや、文字を一つひとつ紡ぎ、一冊の本として命を吹き込んでくれた古き友人でもある夢工房・片桐さんにこころより感謝申し上げます。

平成二十八年六月

西巻一彦

西巻一彦プロフィール

1959	神奈川県横須賀市生まれ	
1982	東海大学教養学部芸術学科卒業	
1989	夢のかけ橋彫刻展「優秀賞」受賞	（神奈川県秦野市）
1990	第４回現代日本具象彫刻展　'98も入選	（千葉県）
1991	横浜ビエンナーレ「入賞」	（神奈川県横浜市）
	第６回神戸具象彫刻大賞展「特別優秀賞」「市民賞」	（兵庫県）
	『ドンドンが怒った』岡進作、挿絵を担当する	（夢工房）
1992	第４回ロダン大賞展「美ヶ原高原美術館賞」	（美ヶ原高原美術館）
	第13回神戸須磨離宮公園現代彫刻展	（兵庫県）
1993	第７回神戸具象彫刻展招待出品　'96第８回展「佳作」	（兵庫県）
1994	連続立体交差事業完成記念水島駅にモニュメント制作	（岡山県倉敷市）
	『ドンドンのフンババ大作戦』岡進作、挿絵を担当する	（夢工房）
1997	倉敷まちかどの彫刻展「入賞」	（岡山県）
1999	十日町石彫シンポジウム	（新潟県）
	日向現代彫刻展「大賞」	（宮崎県）
2003	釜山国際彫刻展	（韓国　釜山）
2004	米子彫刻シンポジウム	（鳥取県）
2007	小田急渋沢駅モニュメント公募展　モニュメント制作	（秦野市）
2008	日本メキシコ彫刻友愛展　日本招待作家に選ばれる	（メリダ州）
2010	加須市にモニュメント制作	（埼玉県加須市）
	秦野市から伊勢原市に転居	
2011	東日本大震災チャリティー展	（東京　神奈川　千葉など）
	９月　悪性リンパ腫の告知を受け、半年間の抗がん剤治療~2012年２月まで	
2013	出雲大社相模分祠に干支の十二支を制作開始（12年計画、本年より）	
2016	急性心筋梗塞で入院治療	（東海大学付属病院）

2012年の悪性リンパ腫治療後も、東京:始弘画廊、横浜髙島屋、秦野市：石庄庵・ぎゃらりーぜん・丹沢美術館・アトリエ菩提樹、新潟:星と森の詩美術館などで個展・グループ展を開催

＊　＊　＊

〒259-1111　神奈川県伊勢原市西富岡 1139-2　（にしまき　かずひこ）

紡ぐ

定価　本体一五〇〇円＋税
二〇一六年十一月十二日　初版発行

著者　西巻一彦　©

制作・発行　夢工房
〒257-0028　神奈川県秦野市東田原二〇〇-四九
TEL（0463）82-7652　FAX（0463）83-7355
http://www.yumekoubou-t.com
2016 Printed in Japan
ISBN978-4-86158-075-8　C0095 ¥1500E